ゴランノスポン

町田康

新潮社

目次

ゴランノスポン

楠木正成

ずっと楠木正成のことが気になっていた。いつ頃から気になっていたのかはよく分からない。覚えていない。二十年くらい前、近所に小買い物に出掛ける家の者が、「いまから出掛けるが、煙草とかパンとかそういうもので、なにか買ってくるものはありませぬか。序でのものはありませぬか」と問うのに、反射的に答えた答えが、楠木正成の入れ物。なんのことやらさはり分からない。

それ以来、楠木正成は生活のあらゆる局面に現れ、フェイバリットな「空き缶にバネ四本」というソングのサビの部分を歌っているときも、以前であれば、タッタラタラッター、という部分に付くオブリガートは、タカナカマサヨシと歌っていたのに、タッタラタラッター、クスノキマサシゲ、タッタラタッター、クスノキマサシゲ、と歌ってしまっていて、いつの間にか楠木正成が俺の頭のなかに遍在、ことあるごと、楠木正成、楠木正成と口走ることが自分にとってあたりまえのこととなって気にも留めなかった。

しかしながらなんで楠木正成の名前を何度も口走るのかということを改めて考えてみると、これは不思議。そこで、自分はなぜかくも楠木正成に拘泥するのであろうか。約三分考えて、出た結論は、「わからない」。なめとったらあかんど。おちょくっとったらあかんど。楠木正成は河内の人である。このような河内弁を話していたのであろうか。自分は高校で山岳部に入っていて金剛山には何度も登った。水越峠も歩いた。観心寺にも行ったことがあるうえ、久米田の庄には住んでいたことさえある。それにつけても分からないでは分からない、なにか理由があるはずだと、なお頑張って考えに考えた結論は、「カッコいいから」。

楠木正成は恰好いい。なぜか。それは、ええっと、それはええっと。つまり「桜井の別れ」。つまり、自分の子供と桜井というところで別れたからである。などということは理由にならない。というか、桜井で子供と別れた人など、いまでもたくさんいるわけでそうではなく、つまりこれは、そうっ、今生の別れだったわけですよね、その後、そう。「湊川の戦い」。楠木正成は従容《しょうよう》として死地に赴いた。すごいっ。と言っていてますます分からなくなるのは、楠木正成に関する知識がきわめて断片的であることで、そうして、「桜井の別れ」とか「湊川の戦い」とかいう言葉は自分は知っている。しかしながら、じゃあそれがなんなのか？　いったいどういう事情や経緯があってそんなことになったのか？　と訊かれると、くわあ。ぜんぜん分からない。

じゃなにか？　君はぜんぜん分からないものを、ただただ恰好いいと思って信奉、ことあるごと楠木正成楠木正成と唱え続けたのか？　二十年間の長きにわたって。君は？　君は？　と言われると言葉がねぇ、その通りです。というしかないが、しかしながら、自分だってまるっきりのあほではない。なぜ恰好いいのか説明をしろ、と言われれば、多少説明できるくらいのイメージはある。すなわち、楠木正成は南朝の忠臣、ってそれくらいは僕だって知っている。あ？　なんで知ってんだ？　っていうか、知らないのは、その流れね、つまり、いったい全体どういう流れで楠木正成が桜井で息子と別れたり湊川で戦死したりしたかということが分からぬ知らぬのだけれども、つまり、無茶苦茶をやって負けた。というのであれば、そら当然というか、ちくとも恰好いいと思わないのだけれども、楠木正成の場合、まあ、あのいろいろなことをちゃんとやった、例えば、そう、なんでそんなことを思い出すのだろう、いつ知ったのだろう、けど、だんだん思い出してきた、千早のお城で何十万という足利方の軍勢を相手に、さまざまのはかりごとを以てこれを守り通すなどしたんだよ楠木は。そういう実にちゃんとした、というか非常な能力のある軍略家で、そういうちゃんとした人が、道理を通した挙げ句に、不条理な敗死・滅亡するというのは、くうっ、っていうか、恰好いい、っていうか、ただもう強いばかり勝つばかりのやつより人に好かれる、って感じね、この感じが、恰好いいと思っていたのだけれども、どうも駄目なようで、そうなると気になってなにも手に着かない。したらしょうがない、ここは一番、楠木正成のこと、ちょっと一回、勉強してこましたろ、って、俺、とりあえず服を着替えてくんくんしたぜ。

しかしながらいつまでもくんくんしていてもしょうがない、なんぞそのような類の本がなかったか知らん、と、本棚を掻き回してみたところ、なんていうと、君、なにをいっとるのだ、本棚を掻き回すなんておかしいのと違う？　という人が直きに現れ、私を悩ませるが、どうでもいいじゃないか。そんなことは。私は実存的に疲れているのだ。私の本棚は小さい本棚で、通常に本を収納したのではとうてい収納しきれない。そうすっと、家の床やちゃぶ台やテレビのうえなどに本が散乱して見苦しくて生きているのが厭になる、までは行かないにしても、いろいろな意欲や気力というものが減退・減衰するでしょ。そういう事態を避けようとして僕は本を二重にも三重にも並べている積んでいるのです。こういう奇略を思いつくとはまったくもって、ことによると、僕の母方は泉州堺の在の者で、楠木正成は河内の人だけれども、その勢力は堺にまで及んでいたやも知れず、はは、僕は楠木正成の子孫かも知れない。と、しかし、そうして本を二重に積んでいる並べている関係上、背表紙を目視することによって目的の本を探し出すということはできない、台に乗り、手前の本をとりあえず下の段に退け、空いたスペースから奥の本を覗き込み無ければ、空いたスペースに手前の本をずらし、という手順を踏まねばならぬのであって、はっきりいって面倒くさいことこの上なく、こんなことをいちいちやっていたのではいろいろな意欲や気力というものが減衰するのであり、奇略などといって意気がっているが、結局のところ、そこいらに本を散乱させておくのと何ら変わりはなく、なにが楠木正成の子孫だ、結局、俺は帝に背いた足利尊氏かっ、と虚しくなって自暴自棄になって、ええい、こうなったらもうやけだ、どうとでもなりやがれ、とやけくその反乱、棚に手を突き込み、積み上がった、或いは並んだ本をもう無茶苦茶にこきまぜる、後方に投げ捨てる、どうせ俺は賊軍、俺は喉も破れよ、とばかりに、「相模の国の住人、平塚次郎義春」と、名乗り、『広辞苑』に手を伸ばした瞬間、ぐわっしゃん、本棚そのものが倒壊、押しつぶされた俺は、まるっきり贋の塀に押しつぶされた関東だ。脇に落ちていた、『日本外史（上）』頼山陽《らいさんよう》著、頼成一《せいいち》、頼惟勤《つとむ》訳、岩波文庫。俺、潰れたまま。

最初、正中《しょうちゅう》の変というのがあって、その次に元弘《げんこう》の乱というのがあった。いずれもまあいわば、人事、というと不敬だ、しかし皇嗣についていちいち鎌倉の方が四の五の吐かし、人事扱いしていたことにむかついていたということも原因の一つで、つまり、嘉暦元（一三二六）年皇太子邦良《くによし》が薨去して、後醍醐天皇は、まあ、それは悲しいことだけれども、じゃあ誰を東宮・皇太子にするかってことを早急に決めなきゃならん。と言って、護良《もりよし》親王を東宮にしようよ、と言ったのだけれども、鎌倉幕府はこれを認めない。前に両統迭立って決めたじゃん、といって、後伏見院の皇子量仁《かずひと》親王を東宮にした。

つうと、わかんねぇか。つまり当時、後深草、伏見、後伏見、花園と続く持明院統っていう流れと、亀山、後宇多、後二条、後醍醐と続く大覚寺統って流れがあって、どっちが皇位を継承するかで揉めてたんだね。で、鎌倉にも相談してた、というか、鎌倉を味方に付けようとしてた、っちゅうか。しかしながら、鎌倉もそう簡単に、じゃあ、こうしよう、つって決めることが出来ねぇ、んなこと、つって決めたのが、両統迭立といって、まあ十年くらいで、順番に代わる代わるっちゅうことにしましょいな。ということを北条貞時というおっさんが決めた。というのは、いかにも関東って感じの、荒くれた感じの、いまでいうとアメリカのような感じだね、鎌倉ってのは。他国の事情をドライに数値で割り切って。

　だから、後醍醐が自分の子、護良親王を東宮・皇太子にしようとしたのは、その決めごとのルールを破っているのだけれども、しかし後醍醐に言わせれば、そもそも両統迭立などというものが間違っているのであって、なんとなれば、後深草と亀山の父、後嵯峨は亀山の子孫、すなわち大覚寺統がつげといったやないか。それをなにをアメリカ、とちゃうわ、鎌倉ごときがぐだぐだ吐かす。もう怒った。と言って、護良親王を比叡山延暦寺の天台座主《ざす》にした。ということはどういうことかというと、いまであれば、そんな坊さんにしたからどうなるっちゅうの。と、思うかも知らんけれども、当時の神社仏閣はというと、おっそろしい勢力で僧兵といって軍隊ももっている。つまり、朝廷の勢力と寺社の勢力が合体したわけで、これははっきりいって鎌倉に喧嘩を売ってるのと同じこと、そのうえ後醍醐は、そんくらいで済むとおもてたら甘い、と言ったか言わんか知らんけれども、法勝寺《ほっしょうじ》という寺の円観《えんかん》という僧らに関東調伏の祈禱をさせた。というと、いいじゃん祈禱くらい、と思うかも知らんが、医学や科学の発達した宇宙時代といわれる現代になってこそ、祈禱はあんまり効かなくなったが、かつてはそうではなく、祈禱はけっこう効いて、しかるべき人のしかるべき手順を踏んだ祈禱というものは、他を呪殺、或いは、国防っていうか、外敵を滅ぼすなどに十分の効果・効力を発揮したのであって、つまりこれは当時にあっては、もうはっきり強力な武器なのであり、それでも感覚的には、まあ個人でできることで深刻かつ重大な被害を相手に及ぼす、混乱させる、という意味において、ハッキング、程度に捉えがちだが、しかしながら実際には、隣国が密かに核配備したくらいの恐怖感があった。空気が生ぬるかった。奇怪な文様を記した幕の前に、四角い黒塗りの台、周囲に注連縄《しめなわ》、幣もぶるさげて、中央で護摩たいて、その前に座った僧が真言を唱える度、紫色の呪いの電波が、ぷわっ、ぷわっ、と立ち上り、中途で直角に曲がって、関東の方角に流れていったのである。

元弘元（一三三一）年の五月にこれがばれた。幕府は、首謀者だ、ってんで、日野《ひの》俊基《としもと》、文《もん》観《かん》、円観を逮捕も、取り調べのうえ、日野俊基は死刑、文観、円観を流罪にした。

三ヵ月後の八月二十四日。二階堂道蘊《どううん》、城越後守《じょうえちごのかみ》らが主上御謀反だつって、兵隊三千人を率いて京都にやってきた。五月にばれたのに八月になってやってきたというのは、「まあ、じゃああれだね、ぽちぽちやって三ヵ月あればだいたい間にあうから」なんつってうだうだしていたのではなくして、やっぱもろ京都に兵隊連れていくのはやばいっていうか、そこまでもろに帝とやるのはまずいんじゃねぇの、という意見が一部にあったからで、そんなこんなで八月になってしまって。

そいで六波羅《ろくはら》探題《たんだい》。二階堂道蘊、城越後守、北条時益《ときます》、北条仲時《なかとき》の四人が、夏の夜に飲む酒はどことなく風情があっていいね、とりあえずまあ、あのいっぱい飲みながら、明日以降の方針について御相談を致しましょう、ってんで、板敷きの間で交わした会話はおそらくこんな感じ？　すなわち、

「や。ほんと、俺もまいったっつうか、結局、長崎高資《たかすけ》さんに、君が適任じゃない、なんつわれて、来たけど、やはり帝を検束、拘束するなんてのはぞっとしないね」と、二階堂は言った。

「だよね。じゃ、まあしょうがないからぼちぼち行きますか」と、六波羅探題の責任者のひとり、北条時益は、六波羅探題の営庭のようなところ、鎧をまとい、太刀、長刀などを握りしめて蹲っている兵をうち眺めた。篝火が彼らを赤く染めていた。

「あーあ。面倒くせぇよな」と、二階堂が言い、一瞬の間の後、もうひとりの六波羅探題の責任者、北条仲時が、「明日にしますか」と、ぽつりといった。座敷の空気が一気に軽くなった。

「そーれもそーだね。別にほら、今夜、行かなくったって、内裏にはほら、警固の連中が詰めてっから」「じゃあ、そうしますか」仲時が言うと、時益は、「そうしましょう。そうしましょう。そうと決まったら、はーい、じゃあね、今日は中止になりました。てっしゅー。明日の集合時間は後で連絡します。どうもみなさん、お疲れさまでしたー」と、兵を帰らせ、「じゃ、とりあえず今夜は痛飲しますか」と言って薄目を開けて三人の顔を見た。「いっすねー」「そうこなくっちゃ」三人は口々に同調、快活な酒宴が始まった。

一方その頃、二条富小路の里内裏の裏門を出て行かんとする牛車があった。

「おい音さすな、音さすなよ。そうっと、そうっと、そうっと、あかんあかん、ちゅてるやろ、そこほら、段、なったあんがな、あ、あかん、うわっ、あかんて、そろっと、そろっと、うわあ」がらがっしゃんがっしゃんがしゃんがしゃんどんがらがっしゃぷっぷっ。「そやから、そろっとせぇゆうてるやろ。えらい音させやがって」「そやかて牛が勝ってに行きよるもんしゃないやろ」「大きな声を出すな。ちゅてるやろ。みてみい向こうから武者がやってきよったやないか……。へっへっへっ。こんばんは」「失礼ですがどなたのお車で御座いましょうか」と、口調は丁寧であるが、十分に威嚇的である。しかし、このことあるを察して、帝は婦人用の乗り物に乗り、婦人服をお召しになっている。

「皇后様がお出ましになるのです」「あ、そうですか。それはご苦労様ですが、どちらへお出ましになるのか、伺いたいものですなあ」「御実家であるところの西園寺家にいらっしゃるのです」「あ。そうですか。分かりました。じゃあの、一応、なかを確認させていただけますか?」と訊いた侍は、しかし、はあ? と、語尾をあげ、近眼のひとが黒板を見るような目をした供奉《ぐぶ》の者の、言っていることがシュール過ぎてまるで理解できない、ということさらな様子にたじろぎ、「じゃあ、あの、いいです。すみません」と、つい、言ってしまったのを幸い、「じゃ、そういうことで」なんつってそそくさと出て行ってしまった。しかし、かはは。すっくりいたな。と余裕をかましている場合ではない、ばれんうちに、行こ行こ、と、牛車は、ぎゅうぎゅう動き始めた、すなわち、帝が神器とともに内裏を脱出したのであって、翌朝、宿酔《ふつかよい》ながらもそこは関東の凶悪武者、三千騎を引き連れて内裏を取り囲んだよったりは、くわあ。しまった。これじゃあ、ますます本格的な主上御謀反じゃん。と、驚いて鎌倉に使いを出し、それから水を呑んで、やばいっすよ、と、言ったのである。

三日後。後醍醐は笠置山《かさぎやま》にいた。天皇が内裏を脱出の挙げ句、山に立て籠もるなどというのは、はっきりいって無茶で、当然の如く、天下は動乱、これを鎮圧せんと、軍事力だけがとりえの幕府は、大仏貞直《おさらぎさだなお》、金沢貞冬《かねざわさだふゆ》、そして足利高氏などを派遣、数十万の兵隊を動員して、これを攻めた。しかしながら天皇が笠置山にいると分かればいつの時代でもそうだけれども、現政権の遣り口に不満を持った者が、わはは。帝が笠置山に立て籠もってんねんと。ここは一番、我々も大いにやりますか、ひとつ、なんつて、畿内の荘園現地スタッフ、非御家人、悪僧、悪党などがこれに呼応する軍事行動を開始、そのなかでもひときわ目立ったのが、河内の楠木正成で、九月十一日。赤坂山に陣地を構築、これに立て籠もったのである。

内乱。動乱。実にやばい状態であるが、なんでこんなやばいことになってしまったのかというと、まあ、全国的にいろいろ揉めていたからで、じゃあなにをそんなに揉めていたのかというと、まず第一にこじれているのは土地の問題で、例えば荘園ラインでは、雑掌《ざつしょう》などといわれる荘園現地スタッフと領家・本家といわれる本社の間でいろいろ揉める。というのは荘園とはそもそも、貴族・皇族、大社寺などに持ち主になって貰い、フランチャイズ料金を払うことによって国税を払わないですむようにして貰う、というシステムで、最初のうちは現地スタッフは国税は払わなくて済むわ、本家・領家はフランチャイズ料は入ってくるわ、で、みんなでラッキーラッキーラッキーって歌ってればよかった。しかしながら時とともに人は老いるシステムも老いる、本家・領家は現場を知らぬ、少々、ごまかしたってオッケーさ、という現地スタッフがあるかと思うと、領家検注使なんつって、武装した増税部隊、とりたて部隊を派遣、フランチャイズ料はらわんかい、と脅す。しかしながら現地スタッフだって、負けてはいない、「なにを吐かすか。検注使づれがっ。文句あったら、こいっ」と棒を振り上げる。「領家に対してなんちゅう言い草じゃこら。罰、あてたろか、こら」「あててみい、あほんだら」飛び交う石礫、矢、なんてなことになり、領家もあちこちにばらばらに分散した荘園でこんな騒動が毎日起こっているのだ、いちいち軍事力を派遣していられない、そこで地元の別の顔役というか、まあ、有力な人に、「あこの荘園、揉めてますんで、あの、ひとつちょっといって、あの現地スタッフの荘官をいわしてもらわれしませんやろか」と相談を持ちかける、そいつはそいつでギャラが欲しいから、オゲーつって、すっ飛び野郎、割り木ぶらさげて現地に飛んでってまた喧嘩。と、始終、喧嘩をしているところへさして、今度は、守護・地頭ライン。鎌倉から恩賞といって、報奨金のような出来高賞与のようなものとして、地頭職に任じられた者が同じ土地に下ってきて、地頭給というものを取り立て、また現地スタッフと揉める。そこへさして、追い立てられた元の現地スタッフが悪党化して暴れ込み、略奪などをして、へへーんだ、と嘯く。そんなこんなでみながやってきては、収穫物を持ってったり、現地スタッフが定めにない税を徴収したり、農繁期に使役したりするものだから実際に耕作をしている人らはたまったものではなく、ふざけんなよ。やってらんねぇよ。と怒り、皆で相談の挙げ句、逃散《ちょうさん》、つって耕作・生業を放棄、そうなると、農地は荒廃、税収も減る。領家はこれを懐柔するために、現地スタッフを更迭、そうすっと更迭された現地スタッフが悪党化して暴れ込む、それを鎮圧せんと軍勢を派遣すれば、その軍は必要な糧秣《りょうまつ》その他を徴発しつつ進軍するから、また逃散また暴れ、と混乱は深まるばかりで、ますます滅茶苦茶になっていくのである。

「楠木かあ。ちょっとマイナーすぎねぇ?」「まあ、そうね。けど勢力的にはけっこう一円化されてるし、けっこういけんちゃう」「まあ、そうね。じゃ呼んでみるか。他にいいのいないしね」つって、万里小路《までのこうじ》藤房《ふじふさ》が河内の楠木正成んとこに勅使に立ったのだけども、そういう無茶苦茶な状況のなかで楠木正成は石川流域一帯を現地スタッフとして支配、掌握していたのだろう。しかしながら五月頃、「悪党楠木兵衛尉」が和泉国若松荘というところに押し入った。「押妨《おうぼう》」した。という書類もあり、悪党をやっていたのも確かで、って、しかし、考えてみるとこの悪党というのは恰好いいね。すなわち、埒外っつうか、例外っつうか、御家人なんてのは惨めなものだ。人に頼まれて戦争に行って手柄をたててギャラを貰う。しかしながら戦というのはなにかにつけ混乱する。手柄をたてるのをいちいち見て記録して査定してくれる人などいない。したがって基本的には自己申告で、軍忠状つって、戦果や自分の受けた被害を記した書類を提出したうえで、査定があってギャラを貰うわけで、しかもその貰ったギャラっていうのは土地なのだけれども、土地たって所有権じゃなくて地頭としての取り分を取っていいよということで、それだって別の領家の荘官が居たり、国衙領《こくがりょう》があったり、ジモ民が逃散したりで苦労が絶えない。他の顔色を窺ってやっとギャラを貰ってへどもどしているのである。その段、悪党は爽快だ、別に誰に安堵して貰うわけでもない、自力で手づかみで力づくめで領主化する。いわばインディーズの武士で、大組織の保護もないけれども利得も大きいし自由。イメージだけど。って、このイメージは悪党という言葉に引っ張られているのだろうか、楠木正成というと、そういう悪党のイメージを下地としながらもまた別のイメージが広がるのだけれども。

「まあ、あの関東は強いだけのアホですから、ぜんぜんオッケーです。目先の一勝にこだわるのではなくて、シーズンを通じての戦いを考えなければなりません。まあ、あの、僕が戦死しない限り、まあ悪いようにはならないと思いますよ」という自信たっぷりな楠木の言葉が薄らい堂に響き、大宮人はみな、ちょっとマイナーだよな。などといっていたのをすっかり忘れ、楠木を頼る気持ちをぐんぐん高め、やはり楠木だよな。楠木しかいねぇよ。鎌倉など恐れるに足らぬ、こっちには楠木が居るのだ。これからは楠木を頼って生きていこう。楠木についていこう。と、すっかり楠木一辺倒になった。

「じゃあ、あの、さっそく今後の方針を話し合いましょう」と言う万里小路藤房らに、しかし楠木は、「まあ、それはおいおいということで僕は今日はとりあえず帰ります」と、いうと立ち上がった。

「え？　いや、あのう、ここで一緒にあれするんじゃないの？」「や、まあ僕は僕で考えていることがありますから、今日のところはこれくらいで失礼しますよ。みんなさんも頑張って下さい。僕も頑張りますんで」と、立ち上がる、その悠々とした様は、やはり現場で戦争をやって勝ってきた者の、余の者に有無を言わせぬ迫力のごときがあって、公家達は、あのあの、ばかりでなにも云えない。楠木はさくさく帰っていき、はじめ啞然としていた公家達はやがて、楠木しかいねぇよ、などと云っていたのをすっかり忘れ、楠木に対する評価をぐんぐん低め、なんだよ、あいつはよ。口ばっかりじゃん。まあ、あれだね、やっぱああいう家格の低い人は頼りにならんね。しょせん悪党は悪党だよ。口先だけの馬鹿侍、と、口を極めて楠木を罵倒していた、そのとき、くわあ、えらいこっちゃえらいこっちゃ、と喚き散らしながら、男が走ってきた。

「なにごとです。そうぞうしい」「幕府軍が攻めてきたのです」「え？　もう来たの？　んなアホなことはないでしょ。僕らの頭脳をなめたらあきませんよ。そんなこともあろうかと、主上は比叡山に行幸、って藤原師賢《もろかた》を替え玉にしたてて行かせておいたでしょ。君らとはここの出来が違うのよ、ここの。といって人差し指で烏帽子《えぼし》を指す、というこの動作を見よ」「ええ。そうらしいんですけどね。それがちょっと怪しくなってきた」「なにが怪しいのよ。いったんさい」「それがですね、その叡山にばれてみんな怒って、師賢も護良親王も、やべえってんで、みんな逃げちゃって」「あ、そうなの？」「そうなんです」「で、なに？　敵はどれくらいいるの？　三百くらいきちゃったの？」「されば五万騎です」「え？」「五万騎です」「ふーん。で、味方は？」「足《あ》助《すけ》次郎《じろう》重範《しげのり》が三百騎程度率いて闘ってます」「え？」「三百騎」「敵は？」「五万」「味方は」「三百」「駄目じゃん」「駄目です」

　数万の兵に包囲された笠置は、木津川の崖を攀ってきた決死隊の放火もあり一気に落城、赤坂に挙兵した楠木正成は、丘の上に砦を築き、騎馬戦術中心の関東を熱湯戦術、落石戦術、贋塀戦術などで翻弄、うわうわうわうわ。あちゃちゃちゃちゃ。いててててて。ぷわー。ふわあ。ひゃあ。などという声が山に谷に谺したが、衆寡敵せず、十月二十日頃、砦に放火の挙げ句、姿を隠し、一方、一旦は逃亡した後醍醐帝は六波羅方に捕らえられ隠岐へ流され、鎌倉政権は量仁親王を位に即け、光厳《こうごん》帝とした。これで元弘の乱は終わった。と思ったけど、揉め事の根本が解決しない限り戦乱はうち続く。

　建武中興・建武新政がなぜできたかというと、鎌倉幕府を潰したからで、戦争的に鎌倉幕府をぶっ潰した功績者は、悲劇順に言うと、大塔宮《おおとうのみや》護良親王、楠木正成、新田義貞、足利尊氏の四人。これを身分順に言うと、大塔宮護良親王、足利尊氏、新田義貞、楠木正成、そいでこれを努力順に言うと、楠木正成、大塔宮護良親王、足利尊氏、新田義貞、そいでこれを能力順に言うと、楠木正成、足利尊氏、大塔宮護良親王、新田義貞という順になるのであり、とすると、身分努力能力の１２３４にそれぞれ４３２１のポイントをつけてポイント制で評価したばあい、楠木９、大塔宮９、足利８、新田４、身分を外して、努力能力で評価すると、楠木８、大塔宮

5、足利5、新田2となって、まあいずれにしても新田の評価が低いが、それはまあ仕方がないとして、大塔宮は皇位の問題もあり、足利との確執とは別に後醍醐帝との確執もあって、ちょっと違うのだけれども、楠木と足利で言うと、戦後の査定は足利が、元弘三（一三三三）年六月十二日従四位下左兵衛督、八月五日従三位になって、武蔵守を兼ね、鎮守府将軍になって、さらに天皇の諱《いみな》の尊治の尊の字を貰って、尊氏になった。それに比して楠木は、新田義貞ですら、従四位上になっているというのに、従五位下左衛門尉に過ぎず、やはりこれは源氏直系の足利、新田に比して、朝廷もけっこう下に見ていたというか、後々、もっともな献策をしても、またまたあ、と言って公家達は取り合わず帝も公家の意見に従ったというのはこれ、能力主義の建武の新政という看板も怪しいぜ、っていうか、後醍醐帝は専断・専制ということにこだわったのであって、能力にこだわったんじゃないんだね、っていうか、もっというと、足利尊氏は武門の頭領になる可能性があったから大塔宮護良親王も警戒をしたのであって、後醍醐も警戒をしたのであるが、楠木に関してはみんなノーマークだもの。あれだけ頑張ったのに。あんなに頑張った楠木の立場はどうなるのだろう。楠木正成が千早のお城で頑張ったから、自分の利益のことしか考えていない自己本位的な人たちが宮方についたのだから、やはりなんだかんだいって楠木がもっともポイントをゲットしたはず。

元弘二（一三三二）年四月。楠木正成が五百騎を率いて河内平野に現れた。きゃあ。すう。婦女子が叫ぶ。そして城将湯浅定仏も叫んだ。きゃあ。すう。楠木正成といえば、数百の小勢でもって日本国中の兵を相手に互角に戦った天才的軍略家である。ぶるる。しかしながら、あはは。俺だって少しばかりはやるぜ、ふっ、こいつ、と、武者震い、しかしながらあれだな、ちょっと糧秣が足らんっちゅう感じ？　つって、紀州で糧秣を徴発、城中に運び入れるように指示した。一部始終を見ていた、というか、まあ去年、糧秣のことでは自分も苦労をした、そんなこっちゃろと思てたら案の定、あんなことして糧秣を運んでいる、へっ、邪魔してやる。なぜならこれは戦争だから。つったかつわぬかは分からぬが楠木軍、どっ、襲いかかったところ相手は輸送隊、すんません、すんません、もうしません、と言って逃げる、楠木正成は敵の糧秣を奪った。よかったじゃん。やったじゃん。と思う。しかしこれで終わらぬのが楠木の偉いところで、通常であれば、敵の糧秣を奪い、しかもそれはそのまま自軍で使うことができるわけだから、一挙両得というか、例えば、新田義貞のような凡庸な将軍であれば、はは。こういうことを考えつく俺、というのはなんたら有能な武将なのだろう、げっついナルシスチックな気持ちになるわ。と嘯くなど、それだけで満足してしまうに違いないが、一瞬後、楠木正成はもう次の手だてを考えている。

「じゃあね、ここにこれほら、この苞《つと》っていうか俵ね、なかの米やなんかみんな出しちゃって」「え？　出しちゃうんですか？」「うん」「けど出しちゃうと運びづらいと思うんですけどね。なんとなれば運びやすいように俵に入れてあるのだから。というか、そういう輸送の便宜のために俵というものがあるわけだから」「黙って指示に従ったらどうかな。あんまりうるさくするとと殺すよ」「出しました」「したらね、中に鎧入れて。刀もね」「入れました」「したらね、みんな輸送部隊のような顔をして」「しました」「したら、城中にむかって進発しなさい」「します」

河内の広い空。明るい空。偽りの輸送隊が野を進む。もはや城が近いぜ、つったところを見計らって楠木軍が贋の輸送隊に襲いかかる。その様を見ていた守将・湯浅定仏は、

「わわわ。こらあかん。大事の糧秣が奪われてしまうやんか。それは避けたいぜ。なにやってるのよ。早く、はやく、門を開きなさいよ。はやくぅー」と下知、城門を開けて、輸送隊を中に入れてしまう。しかしながらこれは実は楠木軍だ。

「よかったなあ。助かったなあ。いやあ、よかった。わぎゃ。な、なんで俺を斬る？　わぎゃあ。苞のなかから武具が。わぎゃ。たばかられた。これは例によって楠木正成の奇略だ。トロイの木馬のごとき。わぎゃあああ」と悟った時点でもう遅い、素早く鎧を甲した兵隊は吶喊《とっかん》。外の兵も吶喊。青空と兵の声。麦の穂。河内平野は俺の故郷だ。いいなあ。嘉暦元年以来ずっと本棚の下敷きになっていた俺は、わななきもがき、これより抜けだし、農道のようなところ、菊水の旗の下に立ち戦況を眺めている楠木正成に近づいてった。田の向こうで農家が炎上していた。

「あの、すみません」「なんでしょう？」「あの、僕、なんていうか、まあの、ファンのものなんですけど」「ああそうですか。そらどうも」「あのちょっといいですか？」「なんですか」

「あなたはけっこうそうやって工夫して苦労して戦争してますよね。けど結果的にあんまりメリットないし、最後もけっこう、やばいじゃないですかあ？　もし、自分だったら、ああなっちゃったら、もう一応筋通してあるっていうか、そもそも自分が千早でメチャクチャ苦労して粘ったから、みんな倒幕に動いた訳じゃないですかあ？　なのにまた百倍の敵と戦えっていわれて、従容として行く訳じゃないですかあ？　まあ、おれらそういうとこが恰好いいと思うんですけど、でも、なんでえ？　って、面もあるんですよお。なんでなんです。やっぱ、忠、ですか？」軽薄な兄ちゃんのような口調の俺を見る楠木の顔になんの表情も読みとれない。

「まあ忠というか、僕は、その時点その時点やらなければならないことをただやってるだけですよ。それは誰でも同じことだと思いますよ。例えばいま僕は、あの谷に潜んでいる兵隊に突撃せよ、という指示を与えなければならない。そうするとほら、ああやって吶喊していったでしょう。まあこういう戦争の実務に限らず、やらなきゃならないことをやってるだけですよ。あなただってそうじゃないですか」「あーはい」「でしょ。まあ、あなたがいまやらなければならないのは、その、はい、と答える前に、いかにも受動的な、ああ、付けることによって、自分はこの瞬間にたいした責任はないということを相手に印象づけようとしているかのごとき、その、あーはい、という不愉快な返事の仕方を改めることかも知れないけれども、そろそろいいかな。僕はこの後、天王寺に行かなきゃいけない」「あーはい」「では失敬」言って楠木は、なにに使うのか、足下に置いてあった桶を手に取り、田圃脇のクリークへ降りていった。俺は慌てて声をかけた。

「あのう」「なんです？　まだなにか？」「僕も連れてって貰えないでしょうか？」「ああ？」「僕も部下にして貰いたいのですが」楠木は哀願する俺をじろじろ見て、言った。「まあいいでしょう。じゃあ、この桶に水を汲んできて下さい」「あーはい、っていうか、あの、よござんす」

桶を受け取り、クリークに降り、桶に水を満たしたる後、急斜面に青い草が生えていて滑りやすく、せっかく汲んだ桶の水が半分ばかりになっているのを気に病みながら農道に戻ると楠木様がいない。どこへいったのだろう。きょろきょろしていると、首が熱い。見ると喉に矢が刺さっていた。ぎゃあ。

クリークに転げ落ちて眺めた、一三三〇年代の河内の青空。クリークの草の斜面に縁どられている。青空を雲雀が横切り、またどこかでどっと吶喊の声が。楠木正成がやるべきことをやっている。

ゴランノスポン

目を覚ましたらブラインドから縞の光が差しこんでいた。

素晴らしいことだと思う。

太陽が僕たちに降り注いで生命が育つ。大地が潤う。そんななかで自然の一部として僕らは生きてるんだ。そのこと自体がとてもありがたい。感謝。誰へ？　すべてにだよ。すべてに感謝して生きていく。空に、海に、君に、自分に。

時計を見たら午前十時三十八分二十六秒だった。そのときの僕。二十七秒の僕。二十八秒の僕。僕、僕、僕。いろんな僕が僕の部屋に溢れて、僕はそのすべてを抱きしめたいなあ、と思う。

部屋に満ちる僕。

ベッドから抜け出て、週刊漫画雑誌、ペットボトル、ティーシャーツ、弁当殻、ゲームソフト、握りつぶしたシガレットのパッケージといったものの散乱する床に降り立つ。散らかった部屋。でも僕はこの散らかった感じこそが素晴らしいと思う。

だってそうじゃん、人間なんてそもそもがとっ散らかった存在だよ。それをうわべだけとりつくろって整理整頓したって意味ないよ。それぞれがそれぞれとしてそこにある。それこそが素晴らしい。空が美しい。感謝。

そんなことを思いながらワンルームの部屋を横切り、キッチン脇の廊下を通って玄関にいたり新聞を取って戻ってくる。戻ってきがてら冷蔵庫を開けてウーロン茶のペットボトルを持ってきてガラステーブルの前に座り、セーラムライトに火をつけ、新聞を広げた。

また、ろくでもないことばかり起きているようだ。まったく腐りきった世の中だぜ。金持ちどもはエゴイスティックなゲームに明け暮れて、犠牲になるのはいつも弱いものたちだ。くそったれ野郎どもめ。でも僕たちは僕たちの奥深いところで芽生えかけているものを次につなげていくだけだ。僕たちの気持ちはずうっとずうっと無限につながり続いていくのだ。

つながるもの。つづくもの。そこにつながりたい。そこをつなげたい。僕らのゆるやかな宙のネットワーク。網の目。

そのために僕はなにをやれているのだろうか。なにをやっているのだろうか。人から見たら僕は、ただ、ぼうっと生きているだけの奴に見えるかも知れない。

でもそんなことはない。

僕は少なくともいまこの朝の光を感じている。こうして感じていることがいまの僕にとって一番大事なことなんじゃないかな、と思う。

忙しく仕事をしている人は自分は充実した人生を送っていると思っているかも知れない。

それとひきかえに失うなにか。

僕は今日は石屋のバイトを休んだ。それって普通に考えれば無気力に仕事を怠けたということになるのかも知れない。でも本当は違うんだ。僕はこの光を感じたいから昨日のうちに電話をして、「明日は休みます」って言ったんだよ。

つまり僕はなにもやっていないようにみえるけど、そんなことはなく、わざわざバイトを休むということをして、今日はいろんなことを感じる一日にしようと思っているのだ。

僕は、今日、バイトを休むということを確実に、「やって」いる。

それに今日のトピックはそれだけじゃない。

今晩は、キューターにニークさんのライブをみにいく予定。ドクさんのProfound Numberは本当に素晴らしい。ニークさんの魂に深く響くリリック。激しいんだけどニークル感のあるビート。素晴らしいＶＪが渾然一体となって意識の奥深いところにまで届いてくる響いてくる。

心に響く音。絵。まなざし。つながり、つながる意識。

Profound Numberをみるたびに僕は僕が昨日の僕に確実になにかが加わった僕がそこにいるのを感じる。

僕の成長。

こうしている間にも樹々が育ち、僕も育っている。みんなに均しく降り注ぐ太陽。そして僕は、そんな太陽のような音楽がやりたい。

空気緩んで、頬
五日待って、恋
ピース、ピース、絶望
ルルル、つながるぼくら
ルルル、つながるなにか

僕はいつしか新聞を捨てて歌い出していた。

途中まではいい感じだった。けれども途中から同じ感じになっていくというか、平板な感じになって、基本的な詩やメロディーは自分でもいいと思うのだけれども曲として盛り上がっていかないような感じがする。

というのは公三君が四月にグローバル座でやったとき、前座で三曲ほど歌わせてもらったんだけれど、そのときみんなに同じことを言われ、やっているときはそんなことはない、と思ったのだけれども、後で家で録音して聞いてみるとやっぱりそうで、僕はたいそう落胆したのだった。

そんな僕に、もっと練習をしろ、とか、習いにいったらどうだ、とアドバイスしてくれる人がある。感謝。

でも僕は練習しようとは思わないのだ。なぜなら、習ってしまうと型にはめられてしまっていまの僕のよさがなくなってしまうと思うからだ。

それぞれがそれぞれであること。

それが一番大事だと思う。

それぞれが大事なのさ。

僕はGのコードを鳴らし、これは曲になっていくかも知れないという期待を込めて、そう歌ってみた。でも後が続かない。

コンビニで買ってきた弁当を食べたり、一緒に買ってきたマンガを読んだり、テレビを見たり、ファンカデリックをかけてタコ踊りをしたりしているうちに、いい時間になってきたので、家を出てキューターに向かった。

改札を出て右に進み、駅舎を出て右に曲がり、信号のところで右に曲がってガードをくぐった。つまり、いったん南口に出て北口に出たわけで、なんでそんなことするの。それだったら最初から北口に出ればいいじゃん、と思うが、なぜかこうしないと気持ちが悪く、キューターに行くとき、僕は必ずこうしている。なにかこうしないと途轍もなく悪いことが起きそうな気がするから。

そんなことをする僕。僕が歩いてる。僕が歩いていく。感謝。

ドリンクカウンターに並んでいると、後から肩を叩かれて振り返ったらエサだった。友だちと予期せぬところで会うことほど嬉しいことはない。思わず、「おおおっ」と声を上げると、エサも、「おおおおっ」と喜んでくれた。うれしい。僕はエサに言った。

「すっげー、久しぶりじゃん」

「ほんとだよね。最近、調子はどうなの」

「すごくいい感じだよ。とてもいい感じ」

と言って、今朝からのいい感じの感じをエサに説明しようと思ったのだけれども、具体的になにがあったという訳ではないので、うまく説明できない。

けれども僕はその説明できないところがいいところだと思う。説明できること、言葉にできることなんてつまらない。百万円儲かったからいい感じ、というのとは事が違うのだ。

けれどもエサはいい奴だ。そんなこと、なにもいわないでも全部分ってくれて、僕が、いい感じ、と言ったら少しも間をおかずに、

「わかるよ。わかるよ」

と言ってくれた。いい奴。いい仲間と俺たちのビートを発散していきたい。

「エサは最近どうしてたの」

「ずっと生きるの祀りに行ってて昨日帰ってきたんだよ」

「いいね。いい感じだよ。俺も去年行ったけど。すっげぇいいよね……」

と毎年、六ヶ所村で行われる生きるの祀りの素晴らしさについて言いかけたとき、後にいた知らない男がドリンクカウンターの方にすり抜けようとして、僕の肩に思いっきりぶつかった。

激烈に痛かった。

はっきりいって店内は人と人の間を穏やかにすり抜けられないほど混んでいる訳ではなかった。だったらよけていけばいいじゃないか。むかつくぅ。と思ってそいつを睨んだら、そいつはあろうことか睨み返してきた。

太っていて臑を剝き出しにしてちょっとギャングな感じの奴だった。

暴力は最低だ。暴力はなにも解決しない。

僕は男から目を逸らしてエサと生きるの祀りの話を続けた。けれども男から受けた、ヤな感じ、はなかなか去らなかった。

けど、その後、エクちゃんやロゴーとも会えて、やっぱりすぐ、いい感じ、に戻れた。仲間たちに感謝。仲間たちに感謝。仲間たちに感謝。しゃんか。しゃんてぃー。たんか。たんか、たんか、たんか、しゃんか、しゃんか、しゃんか、しゃんか、たんか、たんか、たんか、たんか、しゃんか、しゃんか、しゃんか、しゃんか、しゃんか、と相変わらず、ルミノのすごいバックビート。だけどやっぱり凄いのはドクさんの存在感、深い時間がドクさんのなかで、石が波に浸蝕されるように、ドクさんの感情に洗われ、ぼろぼろになった時間が僕らの前に提示されるのだ、ステージに風が吹いているよう。唯一無二の音世界。心の扉を開く音。ドクさん、ありがとう。俺の心はフルオープンだよ。みんなカッコいいよ。僕は誇りをもってドクさんの音楽をみんなに伝えていきたい。

そりゃあ、僕自身はバンドをやっていない。けど同じことなんだよ。だってこんな心がひとつになってるじゃないか。同じ、同じなんだよ。それぞれがそれぞれにみな同じひとつの音楽を聴いている。あれ？　ということはそれぞれの魂じゃないってこと？

いや、そうじゃないんだ。僕らのやっていることはそんな言葉で割り切れることじゃないはず。僕とかドクさんとかはきっと、絶対に間違ってないんだよ。きっと絶対って変か。いや、そんなことを含めて。

みたいなことを含めてドクさんのライブを僕は見てたんだ。

白い心の自然。進みゆく氷の上。浮力。僕らの浮力。玉ころがし。糞ころがし。

「すっげぇ、よかったよね」

「すごかった。やられたね」

「やられた、やられた」

「音、よかったよな」

みんなとそんなことを言いあっていると、缶ビールをもってドクさんが楽屋から出てきて、みんなと話し始めた。

みんなのところを順番に回っていたドクさんは僕に気がつくと、三人くらい飛ばして僕のところにきてくれた。

「尭安、久しぶりじゃん」

「すっげぇかっこよかったよ」

「おお。ありがとな」

と笑うドクさんがまた素敵だった。よかったよ、と言われ、ありがとよ、とさらっと言えるのが大人だと思ったのだ。そんなドクさんと友達で、その友達がこんなにカッコいいというのを僕は誇りに思う。本当は、ドクさんは僕より十コ以上うえで、じゃがたらとかフリクションとかとも友達のすごいひとなんだ。そんなドクさんと普通に口をきいている僕もまた、じゃがたらとかフリクションとかともタメだということだ。俺って本当はすげぇ奴だったんだ。っていうか、みんなが、ここにいるみんながすげぇんだ。

すべてとすべてに感謝。自分のすごさを常に忘れないこと。そして感謝すること。喜びの針の穴に飛び込んで研ぎすまされた風の音にチューニングをあわせろ。袷の季節。泡おどり。

みんなで、ラララ、居酒屋に、ラララ、転がっていくんだ、ラララ。糞のように、風のように、アラララ。つくだに。

居酒屋へ向かう途中そんな言葉が頭に浮かんだのでメモをした。

メモをしていたため少し遅れていくともうみんな、半個室のような板敷きに座っていて跪く店員に料理や酒を注文していた。

部屋には横長の長めの座卓がふたつあった。床が切ってあるので椅子のように腰掛けることができる。ふたつの座卓の向こう側に四枚、手前側に、座布団が四枚敷いてあって、そしてその座布団がとても小さいから四人で座るととても狭い。

座卓の右端には大判のメニューや割り箸、五味台などが置いてあるので、端に座った者は、とても食べづらいし、飲みづらい。そして奥に座っている人は壁に寄りかかることができるが、手前に座っている人は寄りかかることができずに苦しい。

向かって左の座卓には向こう側に、左から公三君、チェレイー、エクちゃん、ジミが座っていて、手前に、辺田君、エサが座っていた。

向かって右の座卓には向こう側に、左からドクさん、吉の里、手前にエミちゃん、リカちゃんが座っていた。

僕はエサの右隣に座った。

枝豆、大根おろし、じゃこネギ豆腐、串焼き盛り合わせ、ぼんじり串、つぼ鯛開き。山芋入りお好み焼き、ぶりカマ塩焼、アスパラモミジ焼き、和風ガーリックポテト、梅きゅうりなど注文した。

多くの人がサワー、生ビールを注文した。公三君はお湯割りを頼み、吉の里は熱燗を頼んだ。僕もサワーを注文した。

「お疲れさまでした」

「オツカレー」

「オツカレー」

口々に言って、まず全員でグラスの縁と縁を合わせ、それから隣の人とグラスの縁と縁を合わせ、遠くの人にはグラスを掲げる仕草をし、目で合図をしてそれからサワーを飲んだ。冷たい。おいしい。仲間と一緒に飲める。かっこいいトモダチに感謝。

それから工藤君やエミリーたちも来て、全体が四つくらいの塊にわかれて話し始めた。僕は、エクちゃんとジミとエサの塊に入っていた。

ジミがバリにいったときの話をしていた。

「それでさあ、いったら、なんつうかすっげぇよかったんだよ。茶色でさあ、石が四つ丸窓にくるめたみたいになってんのね」

「すごーい」

「すっげぇいいいね」

「そうなんだよ。それでそれがだんだん青みがかってくんのね、そしたら向こうから四角い毛皮みたいな、いい感じのが、だんだん膨れてきて、もうなんつうか最高にいいんだよね」

「わかるよ、あれ最高だよね」

「すごーい」

隣では公三君と辺田君とギャバが話していた。

「プロナン、ほんといいよね」

「いいよね、最高だよね」

向こうの座卓ではドクさんたちが話していた。

「こないださあ、ポポポ呪師、って映画みたんだけどさあ」

「みた、みた。俺も見た」

「あ、みた？　どうだった？」

「すっげぇよかったよ」

「あ、ほんとうれしいな。あれよかったよね」

「よかった。めちゃくちゃよかった。特にさあ、あの徳利に悪者が吸い込まれていくとことか泣くよね」

「泣く、泣く。超泣く」

その向こうでは、リカちゃんたちと工藤君が話していた。

「その服、すごくいいね。どこの?」

「うそ。ほんと。ありがとう。ノーテンホワイラーだよ」

「あ、やっぱそうか。好きなんだノーテンホワイラー」

「実は俺、デザイナーの田岡顔太と友達なんだよね」

「すごーい」

「じゃあ、あれなの、ときどき貰えたりするの」

「まあね」

「超すごーい」

「最高じゃん」

「最高だよ」

「いいね」

「いいね」


なんてみんなの話しているのを聞いて僕はうれしくなってしまった。僕らは全員がとてもいいバイブレーションのなかで生きていることがわかったからだ。

僕らはポジティヴな話しかしない。ネガティヴなことをいう奴はひとりもおらないのだ。世界中が僕らみたいな奴だったら戦争なんか一瞬でなくなる。

感謝。

みんなの頬が薔薇色に輝いていた。居酒屋の僕らの席が白銀のように輝いていた。

嬉しくてお酒を飲もうと思ったらお酒がなかった。

「すみませーん」

店員の姿が見えないので呼んだのだけれども来ない。

「すみませーん」

大声を出してやっと藍色の制服を着た女店員がやってきた。女店員の顔が土気色だった。

「サワーください」

僕が注文すると、みな酒がなくなっていたのか口々に、「俺、ウーロンハイ」「後、生ビールみっつ」「後、お湯割り、梅なし」「それと、海胆《うに》ください」などと注文、店員は、ひざまずき、何度か訊き返したりしながら、機械を操作し注文を聞いて、立ち上がって厨房の方に行こうとした。テーブルが狭いのを気にしていた僕は、「あのすみません、これ持ってってください」と行きかけた店員に声をかけた。

「あ、はい」と力ない返事をして戻ってきて中腰で皿に手を伸ばした店員にリカが、

「あ、あとー、わたしぃー、ええっとどうしようかな」

と声をかけ、店員は中腰の姿勢のまま、リカに向き直った。

「ええっとお、わたしぃー、カシスソーダください」

リカが注文し、小さな声で、「はい」と答えて立ち上がった店員は、へなへなと通路に倒れ

込んだ。

皿やジョッキが割れ、食べ残しが散乱した。

みな無言だった。

或いは、ちらと倒れた店員を見てそれから何事もなかったかのように話を続けた。

暫くの間、店員は倒れたままだった。

暫くして、お愛想をして帰った隣の座敷を片付けに別の店員が来て、その店員にカーボーが、「あのー、すみません」と声をかけ、となりの席を片付けつつ振り返った店員に言った。

「すみません。オーダーお願いします。後、なんか倒れちゃってますよ」


お金持ちの人は豪邸に住んでいる。僕は六畳にキッチンが付いたアパートに住んでいる。狭い部屋を見渡しながら、その差っていったいなんなのだろうか、と考えた。

基本的には地面に線をひいて、「ここからは俺のものだから入ってくるな」と言っているのと同じことだ。考えてみればそれってすっごい奇妙なことで、空中に線をひいて、「ここからは俺の空気だから吸うな」と言っているのとなにも変わらない。

そしてそんなことをすることになった根拠は暴力で、つまり人間が猿とあまり変わらなかった頃、喧嘩の強い人が、「ここは俺の土地だ。断わりなく住んだり耕作したりしたらあかん。きいいいいっ。きしきしっ」と言って弱い人から年貢や地代をとったのだろう。その延長として僕も毎月、家賃を払い続けているのだ。むかつく。

しかし、逆に考えれば、そうして広大な土地を所有している人は大変だ。なぜなら、その広大な土地に誰かが勝手に住んでいないか。自分より強い奴が攻めてこないか、など、その維持管理に絶えず気を揉んでいなければならないからで、そのための費用も捻出しなければならないし、もっと現実的に言うと、はっきりいってなにもしないで、ただもっているだけで固定資産税というものを払わなければならないらしい。

そのうえ豪邸なんかに住んでしまったら大変だ。

豪邸というのはどういうことかというと、つまり広いということで、広いということは維持費が高いということである。土地が千坪、建坪が二百坪の豪邸に住んでいたらいったい月々の電気代はいくらくらいかかるのだろうか。僕の六畳にキッチンでも月一万くらいはかかっている。家の広さを仮に六十倍として単純計算すると月六十万という計算になる。月六十万もの電気代を払ってなお楽しい人生が送れるとはとうてい考えられない。

後は推して知るべしで、ガス代や水道代もべらぼうだし、そんな広い庭を荒れ地のまま放置する訳にもいかんだろうから、よく知らないけれども、池を造ったり、山から岩を持ってきて並べたり、石灯籠を建てたりしなければならないし、もちろん木も植えなければならず、その費用にくわえて植木屋の手間賃も払わなければならない。

手入れといえば、そんな広い家をひとりで掃除はできないから掃除をする人を住まわせておかねばならず、またさっきも言ったが、それだけ広いということは境界線も長いということで、賊がどこから侵入するやも知れず、警備・警固の人数も雇っておく必要があり、その日当や飯代も出さなければならない。

そんなことで、なんだかんだいってただ住んでいるだけで月間五百万円は必要となってくるだろう。

いくら金持ちでも五百万円を稼ぐのはストレスに満ちた仕事に違いなく、そのストレスを解消し、仕事の疲れを癒すべく家を豪華にしたのだけれども、結局、その家の維持のためにまた仕事を頑張ってストレスをためこむという不幸な悪循環に陥っているのが金持ちである。

それを考えれば僕なんかは幸せだ。家と言ってもせいぜい六畳にキッチン。まさしく方丈の庵のようなものである。維持管理にかかる費用は僅かで、壊れれば大家が修理するし、飽きたら越せばよい。

ただ問題は新建材をつかった部屋があまりにも味気ないという点で、天井の板の木目は印刷だし、襖は安物だし、畳も本当の畳ではないらしく、なんだか樹脂っぽい。キッチンとの境目は、ガラスのはまった障子になっているのだけれども、これもなんだか安っぽい。

これでは僕の精神はいい感じにならない。

ではどんな感じだったらいい感じになるのか、というと、まあ豪邸は必要ないのだけれども、本物の和な感じにしたいなあ、とは思っている。つまり、畳とかは本物にしたいし、欄間とかあったら心が和むのかなあ、と思う。

そしてやはり和な感じの部屋だったら床の間は最低欲しい。

そこに掛け軸とか掛けて、花とか飾ったらいいんじゃないかなあ。と思う。後、冬になるまでに火鉢が欲しいなんて思っていて、実はそんなことは随分前から思っていて、でもなかなか実行に移せないでいたのだけれども、昨日、ドクさんのライブを見て、すっごいポジティヴな感じになったし、今日から少しずつ部屋をいい感じにしていこう。

そう考えて僕は計画を立てた。

とりあえずは床の間かな、と思った。押し入れの半分をぶっ壊して床の間にし、残りの半分は、襖に蝶番《ちょうつがい》を取り付けてドアーにする。

さっそく今晩からやろう。

そう考えて僕は家を出た。


触ると指が真っ黒になる本が乱雑に積みあがった古本屋でこないだ買ってきた、遠くに山、手前に湖、その手前に雑木がある風景を墨一色で描いてある掛け軸を床の間に飾り、その下に、アロマキャンドルを灯すと実にいい感じになった。

こんなことで感じられる余裕。

明日またくる朝。浅漬。

このいい感じの感じを感じながら焼酎を飲んで飛ぶ意識三千里。次はあのガラスの障子をなんとかしようと思っていると電話が鳴った。エサだった。僕はなんてタイミングだろうと思った。僕がいい感じに過しているまさにそのときエサから電話がかかってくる。輝く偶然。もちろん僕はエサに、「いまから来ない？」というつもりだったが、とりあえずは軽い調子で、「おお、エサ、元気？」と尋ねた。

ところがエサが暗い。

「ああ、まあ、元気なんだけどね」

と低い調子で言う。やめてくれ。そんな暗い感じは。明るくいこうよ。ポジティヴにいこうよ。やだよ、そういう暗いの、やだよ。やな感じ。それだけは避けたい。僕はエサが暗いのにちっとも気がつかないで頓狂な声を出しているという風を装って頓狂な声で言った。

「あれ？　どうしたの？　エサ、なんかいつもと感じ違うじゃん」

「そうかな」

「違うよ。どうしたの？　大丈夫？」

「ああ、俺は大丈夫なんだけど広部君が……」

「広部君がどうしたの」

「死んだんだよ」

「え、マジ？」

広部君が死んだ。そのことを自分としてどうとらえていいのかわからずしばらく黙ってしまったが、とりあえずみんな広部君の部屋に集まっているというので、電話を切って服を着替えた。家を出ようとした瞬間、掛け軸を掛けてあったピンが外れ、掛け軸がへたへたと落下したので、これを直してから家を出た。

告別式はその翌日だった。葬祭場に友達がみんな来た。みなが心の底から広部君の死を悼んでいた。人の死。広部君の滅び。そしてまだ生きている僕たち。そこにあるつながり。糸。ドルチェ。宇宙のドルチェ。

広部君のお母さんは広部君のお姉さんの肩にすがって泣いていた。そのうちお姉さんも泣き出したので、ふたりは抱き合ったような格好になって泣いていた。お父さんはその傍らにぼんやり立って天を仰いでいた。

最後のお別れ。広部君の両親の考えで僧侶による読経などはなく、広部君が生前、好きだった音楽が流れるなかでの献花となった。

棺に横たわる広部君に花を捧げた。広部君。君はどこから来てどこへ向かっているのだ。僕らが宇宙の片隅で出会ったこと。忘れてはならないこと。つなげていくべきこと。未来と過去が僕において、僕という一点において握手している。つながり、つらなる記憶と実体。大事な、とても大事な、こと。

そんなことを考えていると後の人が待っている様子だったので、後へ引き下がった。レッドホットチリペッパーズが流れる葬祭場の隅にエサやリカたちがいたのでそっちへいった。

いつもなら、あいつらに会えば、「おおー」とか、「元気ぃ？」とか言って笑うのだけれども、今日は目で合図をして頷きあうばかりだった。それでも黙っているのは苦しく、僕らは低い声で広部君の話をした。

「いい奴だったよな」

「ほんと、いい奴だった。最高の奴だったよ」

「いっつもさあ、すっげぇ楽しそうだったよね」

「そうそうそう。ずっとつまんねぇ冗談言ってたしな。なんで自殺なんかしちゃったんだろう」

「けど、広部君はそれを選んだんだよ。僕らはそれを受け入れるしかないと思う」

「ほんと、そうだよな。僕らが広部君になにか言う資格もないし、また言う必要もないよ。広部君はいい奴だった。僕らにたくさんの思い出を残してくれた。それ以上のことを考えるのは失礼だよ。逆に」

「俺、広部君に一緒にバンド組まないか、って誘われたことあんだよ」

「ほんと？　広部君、バンドやりたかったの？」

「そうみたい」

「ぜんぜん知らなかった。で、やったの？」

「いや、やらなかったんだよ」

「なんでやらなかったの」

「いや、それがさあ……」

アーリが言葉を濁したとき、突然、妙にたどたどしいリズムの音楽が流れ始めた。ループするリズムパターンにアコースティックギターを重ねたトラックなのだけれども、リズムが不正確で、リズムが大幅にずれているのと、しっかりと弦を押さえていないため音が濁っていて聞き苦しいことこのうえない。

そんなたどたどしくて情けないギターが暫く続いたかと思ったら、今度は歌が始まった。

広部君の声だった。

つまりこれは、バンドを組まないか、とアーリに持ちかけながら果たせなかった広部君が密かに製作していたデモテープで、つまりこれは広部君の遺作ということになるのだった。

そう思うと厳粛な気持ちになるはずだが、なかなか厳粛な気持ちになれなかったのは広部君の歌のせいで、広部君はまったくその気で、ときに感情たっぷりに息を溜め、ときに巻き舌で日本語を英語風に発音するなどしてノリノリで歌っているのだけれども、そのピッチはど外れに外れ、高音部で声が頻繁に裏返った。

広部君が自ら書いたらしい歌詞も、「ふたりの夜を走るのさ」とか「ときめきナイト&デイ」とか「信じる道を突っ走れ」といった気恥ずかしいものばかりで、また、聞いて爆笑するという類いのものでもなく、曲のそこここに作者の切迫感のようなものが漂って、一応、ノリのよいロックを目指しているのにもかかわらず、聞いていると異様な寂寥感に見舞われた。ましてて故人の作である。我々は黙ってこれを聞くしかなかった。

そして曲が終わった。

やっと終わった。

みながほっとしたとき、また別の曲が始まった。すべての人が献花を終えていた。葬儀社の人が、「それでは……」と言いかけたとき、広部君のお父さんがマイクをつかんでいった。

「みなさん。これは健太が最後に作った音楽です。どうか、どうか最後まで聞いてやってください」

そう言うとお父さんは目のところに拳を押し当てて声を殺して泣いた。肩が大きく上下していた。

みな俯いて、ありえないくらいに下手くそな広部君の音楽を聞いた。

二曲目が終わって三曲目が始まり、黙って聞いているのが苦しくなってリカに、

「これってあれだよね」

と話しかけるとリカはほっとしたように、

「なに?」

　と言って僕に向き直った。

「なに、ってことないけど……」と言って僕は絶句し、すぐに続けた。

「すごくユニークだよね」

「そうそうそうそう。ユニークなのよ」

「そうだよね。こんな音楽は広部君しかできない」

「ほんとよね。ある意味、すごくいいとも言えると思う」

「っていうか、いいよね。最高だよね。結局、こういう形で自分を表現できるんだからすごいんじゃない」

「そうそうそうそうそう。普通はほらこれだったら……」

「やらない、っていうか、できない」

「それをやっちゃうのが……」

「最高ってことだよね」

「そうそう、最高、最高」

　そんなことを言っていると本当に最高に思えてきた。最高ってなんて最高なんだろう。僕らはいつも最高だ。僕らに最高を与えてくれた広部君、ありがとう。

　三曲目が終わって四曲目が始まり、葬儀社の人が腕時計をちらちら見始めた。

「いったい何曲あるんだろう」

と隣でアーリが呟いた。

確かに長い。これで出棺から骨を拾うところまで終わったら何時になるだろうか、と思った。帰ったら壁に珪藻土《けいそうど》を塗ろうと思っているのだが暗くなると作業がやりづらい。そんなことを考えつつ、腕時計を見たとき、四曲目の途中で、テープが切れたように、突然、曲が終わった。明らかに不自然な位置で終わったのでミックスの際、広部君がなんらかの意図をもって、突然、停止ボタンをクリックしたのだろう。

広部君はなんの意図でそんなミックスをしたのだろうか。広部君の歌詞の最後の言葉は、「錦糸町の優しさ」だった。

僕らは最高だった広部君の思い出話をしながら棺の後についてぞろぞろ外に出た。まだまだ日が高かった。この分だったら珪藻土オッケーかな、と思いつつバスに乗り込んだ。

バスは美しい田園地帯を進んでいった。緑、光、命。感謝。

人間の命をつなぐ田園を走ってバスは土手に突き当たって右に曲がり、土手下の道を暫く走ってやがて堤の上に上がった。

左手は大きな川で右手は工場群だった。鋭角的な片流れの屋根と灰色の壁の建物が建ち並び、煙突からは、ほとんど透明な煙が空にたちのぼっていた。

ほとんど透明だけれども、きっとあのなかには有害な物質が含まれていて僕らの生命を蝕んでいるに違いない。っていうか、そんなネガティヴな考え方よくないよ。いまはテクノロジーが進んで、いろんな触媒が開発され、ああいった煙もほぼ無害なものになっているに違いない。テクノロジー最高。

土手を暫く走ったバスは大きな川にかかる橋を渡り、渡りきったところで右に曲がって、商店街のようなところに入った。

まったく気の滅入るような商店街だった。ほとんどの店はシャッターを閉めていて、軒先に廃材や枯死した植木が放置してあった。そのシャッターには、グラフィティーなんて上等なものではない、「すぶやん参上」「枝豆ラブ」といった当人の脳は腐敗しているのではないかと思わせるような落書きがなされていた。店の軒先に張り出したビニールテントが破れて垂れ下がっていた。店舗の看板の文字が剝落して薄くなったり、欠落するなどしていた。なにもかも色褪せ、錆び、腐朽《ふきゅう》するに任せてあった。人間が生きるということの悲しみや苦しみが凝《こご》ってそこにあるようであった。

けれどもレトロでいいじゃん。時代の味っていうか、僕はこんな古いものが好きだ。レトロな商店街最高。

そう思って、さっき待合室みたいなところで貰った缶入りの茶を飲んだ。ぬるくなっていて、気色の悪い味だった。

商店街を抜けるとバスは、スラム街のようなところを通りがかった。道幅は広いのだけれどもクルマはほとんど通っておらず、歩道にも車道にもホームレスが溢れていた。どのホームレスも、ぼろぼろの毛布や段ボールのようなものを道路に広げ、周囲に、ペットボトル、盥、カセット焜炉などを散らかし放題に散らかしている。長いこと路上で生活しているためか髪の毛はガチガチに固まり、また、顔も黒人種のように黒くなって目ばかり白く光っていて気味が悪い。

たいていの者は無気力に座っているがなかにはアッパーな者もあって、窓を閉めてあるからなにを言っているか分らないが、目を剝いて腕を振り上げ、バスに向かって罵詈雑言を投げつけてくる者もある。ホームレスはたいていひとりであるが、なかには夫婦者もあって、ひとりでそんなことになっているよりもふたりでそんなことになっている方が、そこに「関係」というものがある分、よけいに悲しい感じになっている。

みているだけで嫌になってくる、けだもの同然のところまで堕ちた人間の姿。

っていうか、そんなことはいい。あれこそが人間の真の姿なのだ。坂口安吾は、生きよ堕ちよ。と言った。とりすました言動や素振りを捨てて、いったん堕ちることによってしか人間は真に生きることができないのだ。

だから僕なんかは彼らを見て悲しくなる必要は毛頭なく、むしろ生きる勇気みたいなものを貰っているはずなんだ。ホームレス、最高。そして。感謝。

ってそれにつけても、まだ火葬場に着かないのだろうか。もう随分走っているのだが。と思って車内を見渡すと同じことを思っているのか、みなぐったりとして口もきかない。車内の湿度が高く空気が蒸れ、車内には三日間履き続けた靴下みたいな臭いが漂っている。かといって窓を開けると貧民窟の人糞をどぶで煮詰めたような臭いが車内に入りごんでくるので窓も開けられない。

ああ、早く着かないだろうか。さっさと骨を拾って家に帰って珪藻土を塗りたいと思っているとバスが停まった。

しかし、火葬場に着いたのではなかった。遮断機の下りた踏切で停まったのだ。かーんかーんかーんかーん、という音に多くの貧民や自転車、タクシーなどが堰かれていた。

三十分経っても踏切は開かなかった。

下りと上りの矢印が点いていて、一方が消えても、もう一方が消えぬうちに再点灯するということを交互に繰り返していつまで経っても開かないのだ。

待つうちに車内の空気は耐え難いものとなってきた。みなが暇つぶしに吸う煙草の煙で一メートル先が見えない。なぜ立体交差にしないのか。経営者が馬鹿なのか。

いや、そんなことはない。きっとお金がないだけだ。お金がないのは別に悪じゃない。悪ではないがつらいことだ。はっきり言ってお金のある人は場所を聞いて火葬場にタクシーで向かった。お金のないものだけが、こんなバスにぎゅうぎゅう詰めにされてあかずの踏切に堰き止められているのだ。金さえあれば誰がこんな思いをするか。っていうか、金さえあればこんな馬鹿で貧乏な奴らと口先だけで、サイコー、サイコーつって生きてねぇで、本当に最高なリゾートにでもいってシャンパン飲んでがんがんにきめきめでウハウハなんだよ、馬鹿野郎。おまえらみたいな馬鹿で貧乏な奴らとこんなくさいところでぎゅうぎゅう詰めになってんのはうんざりなんだよ、タコ。六畳一間で、なにが和モダンだ。なにが珪藻土でエコだ。おまえら全員、最低なんだよ、死ね。屑ども。もう、いやあああ。

僕が絶叫するといっせいに罵りあいが始まり、罵りあいはやがて殴りあいに発展、骨折する者、泣き出す者、ゲロを吐く者など続出したが、それでも踏切はなお開かない。

一般の魔力

土曜日の静かな午前。リビングルームで新聞を読んでいた薄田併義は、新聞に目を落としたまま煙草の袋に手を伸ばしたが、やがて、「ちゃ」と舌打ちすると、これを握りつぶして、立ち上がった。

併義は、椅子の背にかけてあったカーディガンを羽織って、廊下に出ると洗面所の手前の階段を二階に上った。階段を上りきったところの短い廊下にふたつ並んだドアーの左が併義と妻、葵子の、右が娘、弥香の寝室である。

右の部屋のドアーは閉じられており、左の部屋のドアーは開け放ってあった。

左の部屋に入った併義はハンガーにかかった上着の内ポケットから財布を抜き出すと、これをジーンズの尻ポケットに突っ込み、どすどす階段を下りていった。

階段を下りた併義は奥の洗面所の方へ二、三歩歩いて、右側のキッチンの入り口に向かって、「ちょっと煙草買ってくる」と言い、葵子がなにか言ったのを無視してそのまま踵を返して玄関の方へ歩いた。

スニーカーを履いて玄関を出た併義は、庭先に視線をやり、「ちゃっ」と舌打ちをした。

併義方の前庭の約半分は駐車のためのスペースであったが、残り半分には葵子が草花を植えており、休日など、庭に面したサッシを開け放ち、庭の景色を眺めながらビールを飲むのは、併義の楽しみのひとつであった。

その庭先、併義の視線の先に、一匹の雉猫が座っていた。

雉猫は尻を地面につけて尻尾を長々と伸ばし、楽しそうに前脚を舐めていた。

併義は、両手を宙に差し上げ、「どらあ」と喚きながら庭の中央まで走り出て立ち止まると、「あぎゃあああ」と喚きながら、ゴリラのように拳で胸を叩いた。

キッチンを出てリビングのテーブルのうえを片付けていた葵子は、この声を聞きつけてサッシに駆け寄り、立ったまま言った。

「お父さん、どうしたの」

併義は忌々しそうに唇を歪めて言った。

「隣の猫がまたうちの庭にいたんだよ」

「まあ、なんて猫なの」

葵子も唇を歪めて言った。

「そうなんだよ。まったくなんて猫だ。無断で僕の家の庭に入ってあたりまえみたいに顔を洗っているのをみると殴りたくなってくる」

「ほんとよ。花壇にオシッコでもされたら花が全部枯れちゃう」

「ほんとうにそうだな。もうオシッコをされたのか」

「それはわからないけど」

「どうせしてるに決まってる。まったく隣の奴らときたら、なんて奴らだ。僕はな、ここに越してきたときからなんか、あいつら気に入らなかったんだよ。なんかさあ……」

「ヒッピーみたいなのよね」

「そうそうそうそうそう。なんか有機農法とかやってそうな」

「そうそうそうそうそうそう。着てるものやなんかもさあ、なんかインディアンみたいな」

「草木染めとか?」

「さすがにそこまではやってないけどさ」

「それにしてもああいう奴らはだらしないんだよ。猫は外に出すし、それにほらみろよ、雑草があんな風に家にはみ出してきてる。くっそう、腹立つなあ」

そう言うと、併義は、ブロックの上に黒いフェンスを張ってある隣家との境界に近づき、フェンスの隙間から、或いはフェンスを越えてはみ出している雑草を素手で引きちぎると、隣家に投げ入れ、振り返って言った。

「ちくしょう。手が草臭くなった。つか、あっ、あっ」

と、併義は大きな声をあげて植え込みにかがみこんだ。

「どうしたの」

そう声をかけた妻に併義は拾い上げたペットボトルを手に言った。

「あいつらもう許さん。僕の家の庭にゴミまで投げ込んでやがる。なに考えてんだ、クソヒッピーがっ」

大声をあげた併義に葵子が言った。

「お父さん、そんな大声を出したら聞こえますよ」

「関係ねぇよ。つか、いないんだよ、あいつら。朝から一家で出掛けやがった」

「そういえば車ないね」

「ヒッピーだからキャンプにでも行きやがったんだろ。玄米カレー食って死ねっつの。つか、でもあったまくんなあ、このペットボトル」

と言う併義に葵子が唐突な感じで言った。

「あ。でもそれ違うじゃん」

「なにが違うんだよ」

「それって、去年、お父さんが置いたペットボトルじゃないの」

「そうだっけ」

「そうだよ。ペットボトルに水入れて置いといたら猫が来ないからっていって、弥香が、感じ悪いからやめなよ、っていうのに、うるさい。悪いのは向こうだって言ってブロックのとこに置いたんだよ。けど猫が涼しい顔をしてペットボトルの脇歩いてるのをみて怒って水捨てて投げ捨てたのがそのままになってたんだよ」

「あ、僕かあ」

併義はそう言ってばつの悪そうな顔をしたが、しかしすぐに態勢を立て直していった。

「まあでも、確かに僕が置いたのは置いた。けどなぜ置いたかということを考えてくれよ。あいつらが猫を放し飼いにするからじゃん。それがなきゃ僕はこんなもの置かない。つまり、もともと向こうが原因なんだよ。ってことは奴らが置いたのも同然ってことだよ」

「それもそうね。でも、それどうするの」

「まあ、向こうの庭に投げ込みたいところだけど、僕は奴らと違ってまともな社会人だからそれはやめとこう。ゴミ集積場に捨ててくるよ」

そう言って門の方へ行きかけた併義に葵子が声をかけた。

「だめだよ」

「なにが、だめなんだ」

「今日は燃えるゴミの日なのよ。ペットボトルは水曜日でないと持ってかないわよ」

「関係あるか。住民税高いんだから、それくらい持ってけ」

「だめだよ。持ってかないっていうシール貼って置いてっちゃうのよ」

「だったら、それこそキャノンが片付けりゃいいだろう」

そう言って併義は門の外に出て行った。

キャノンとは併義と葵子との間でのみ通用する隠語で隣家のことを指した。

門の外に出ると併義は目の前に広がる、収穫が済み、土ばかりが広がっている畑とその向こうの雑木林に目をやった。

「もう秋やね」

併義はことさら大阪弁でそう言い、それから左隣の家の前に堆く積みあがったゴミの山めがけて下投げでペットボトルを投げ、地面に転がり落ちたペットボトルをゴミの山の裾野に蹴り込んだ。

薄田家とキャノンを含む短い私道に面した五軒は畑を造成した土地に建てられて一斉に売りに出された。

近隣の住宅はみなそのようにして建てられ売り出された建て売り住宅であった。

なかでも比較的新しく建った併義たちの住宅すべてが売れ、住民たちが引っ越してきた際に、住民の間にちょっとした紛争が起きた。

というのは町会の要請で、新しく建った五軒のうちいずれか一軒の前にゴミ集積場を設ける必要が生じたのだが、どの家の前にゴミ集積場を設けるかについて議論になり、なかなか結論が出なかったのである。

理由は明白で、誰もが新しく購入した自分の家の前にゴミ集積場を設けるのをきらったからで、いったんは、一年ごとの持ち回りにしようということで決まりかけたが、どの家の前から始めるのかで議論は紛糾し果てしがなかった。

そこへキャノンが遅れてやってきた。

話を聞いたキャノンは、「ああ、そういうことだったら私の家の前から始めてもらっていいですよ」と発言し、一年目のゴミ集積場は、キャノンの家の前から、ということになった。

そう決まりそうになったとき、併義は、「いや、それはどうかな」と発言した。キャノンから始まれば、当然、二年目は併義の家の前がゴミ集積場になるからである。

ところが一年を過ぎても、キャノンはゴミ集積場の交替を言い出さず、初めのうち併義は、そんなキャノンを、「心のおおらかなよい人だ」と言って賞讃していたが、三年を過ぎたいまでは、あんな風に庭に雑草を生やして恬然としているということは、景観を気にしない人、ということであり、そんな人の家の前がゴミ集積場であるのは当たり前だ、と思うようになっていた。

門から再び我が家の敷地内に入ってきた併義はかがみ込んで小石を拾い、隣家との境界あたりに険しい視線を走らせた。

雉猫がもはやそこに居ないのを確認した併義は小石を捨て、リビングに向かって声をかけた。

「母さん、クルマのキー、持ってきて」

葵子が窓のところに来て言った。

「あら、煙草買いにいくんじゃなかったの」

併義は答えた。

「うん。煙草も買うけど、除草剤も買ってくる。金色屋に行ってくるよ」


大工用品や園芸用品、さらには鍋、釜といった日用品まで扱う金色屋ホームセンターは、近隣に住まう住民で常に混雑していた。

特に休日の午後はたいへんな混雑で、また、大抵の客は自動車でやってくるため、駐車場の混雑は格別であった。

といって駐車場が狭いという訳ではなく、金色屋ホームセンターは四階建てのビル一棟を駐車棟に充てていて、屋上を含めれば五フロアー分の駐車スペースがあった。ワンフロアーに約六十台が停められたから、全部で約三百台が停められる計算になる。それでも混雑したのは、それよりももっと多くの自動車が殺到したからである。

駐車場は一階から順に満車になっていき、上に行くに従って空きスペースが増えた。

それにはいくつか理由があった。まず最大の問題は出入り口の問題で、売り場棟に並んで建つ駐車棟の出入り口は一階にしかなく、また連絡通路もなかったから、上の方にクルマを停めた人は一階まで階段を下りないと売り場棟に行けなかったし、また、帰りは帰りで買ったものを抱えて階段を上っていかなければならない。

さらに上の方に行くのには、狭いスロープを上っていくのだが、それに際しては何度も大きくハンドルを切らねばならず、そのカーブには車体をこすった黒い痕が何重にもあって、誰もが、できれば低い方にクルマを停めたいと思うのであった。

屋上のスペースは特に空いていた。梅雨時はずぶ濡れになったし、夏は車内が炎熱地獄になったし、冬は身が凍るようであったし、春は花粉が舞っていたし、秋はメランコリーの気配が充満していたからである。

駐車棟にクルマをいれた併義は、一階のスペースに満車の札が出ているのを確認し、スロープを上って二階へ上った。二階にも満車の札が出ていた。にもかかわらず、併義は二階のスペースに入っていった。

満車の札が出ていても一台分のスペースが空いていることがときおりあったからである。

しかし二階は本当に満車で、二階のスペースをのろのろ一周した併義は再びスロープに出た。したところ前に、運転になれない中年の婦人が運転する国産のセダンがのろのろ走っていた。

併義は、「なにやってんだよ、とろいんだよ」と毒づき、車間距離を縮めてくんくんした。

自分はおまえの運転に苛々しているという意思表示をしたのである。

そんなことをする間に三階にいたった。三階には空車の札があった。これをみてとったセダンは慎重にハンドルを右に切って三階のスペースに入っていき、併義の国産ワゴンもクイックにハンドルを切ってこれに続いた。

セダンは三階のスペースをほぼ一周して、唯一の駐車スペースを発見、いったん行き過ぎてから右にハンドルを切り、ギアーをリバースに入れて、左にハンドルを切りながらゆっくり後退し始めた。

ところが運転に慣れていないものだから、一回で目標位置に入れることができず、再び、前進して位置を整え、慎重に後退し始めた。

これによって行く手を遮られた格好になった併義は、クルマを限界近くまで前進させ、そしてなお、じわっじわっ、と少しずつ前進した。

それを見て、早くしなければ、と焦ったセダンはまた失敗して、再度、前進してやり直しをする破目になり、これにいたって併義は、さらにもうこれ以上、前進したら駐車ができないという限界ぎりぎりまでクルマを近づけ、さらに、「なにやってんだー、たくもー」と怒鳴ったり、両手を振り上げ、「あー」と大声を出しつつ、ハンドルに叩き付けたりした。

それがプレッシャーになってまた失敗したセダンはついに諦めて前進するとスロープの方へ走り去った。

それを見てとった併義のワゴンは、チョロQという玩具を連想させる動きで、しゅるしゅるしゅるっ、と前進し、そして、しゅるしゅるしゅるっ、と後退して、駐車スペースに収まった。

併義の国産ワゴンの右隣に、ドアミラーを畳んだ高級輸入車が停まっていた。

クルマを降りる際、併義は、特にわざと乱暴に開ける訳ではないが、人間がドアーを開けて乗り降りする場合、通常、これくらいの勢いでドアーを開けますよ、というのをごく僅かに超過する程度に勢いよく、ドアーを開け、高級輸入車の運転席側のドアーに、よく注意してみなければわからないくらいの、微細な傷がついた。

併義は葵子と一緒のときよく、「こんな庶民が来るような場所に、こんな高級車に乗ってくる奴が悪いんだ。こんな狭い駐車場なんだから傷くらいつくさ。文句あるんだったら高級ホテルの駐車場に停めればいいんだ」と言っていたが、いまはひとりなのでなにも言わず、笑みを浮かべつつ軽快な足取りで階段に向かった。

ジーンズを穿いた後姿は、休日のサラリーマンの典型的風俗であった。

園芸用品売り場で除草剤を買い、また、駐車棟の一階にあった自動販売機ですでに煙草を買っていた併義は、しかしなお売り場を歩き回っていた。

なぜなら家を出る直前になって葵子に、「除草剤を買うんだったら、ついでにお風呂用の洗剤とトイレットペーパーも買ってきて」と頼まれたからである。

普段、そういうものを買わない併義は、浴室用洗剤とトイレットペーパーの売り場をなかなか見つけることができなかった。

併義は、ネジや電動工具の売り場を通り抜けて、突き当たりにいたり、Uターンするようにして陳列用の棚に隔てられた隣の売り場に入っていった。隣の売り場は、塗料や接着剤の売り場で、ここにも浴室用洗剤やトイレットペーパーはなかった。

併義は、通り抜けようとして売り場を進み、やがて行く手を遮られた。

若いカップルが、ペンキの缶の前の通路に座り込み、真剣な議論を重ねつつペンキを選んでいたからである。

といってそれだけで行く手を遮られるほど通路が狭かった訳ではないが、カップルの背後には金属製の、特売のワゴンがあって、そこだけ通路が狭くなっていたのである。

それはそうとして、そのように若いカップルが並んでペンキを選んでいるのは微笑ましい光景である。若いカップルの住まいは狭くてみすぼらしいが、ふたりは、そのくすんだような色の壁を自分たちの力で明るい色に塗り替え、みすぼらしい住まいを希望的な部屋に作り替えようとしているのである。

自分たちの力で希望をつかもうと意志することができるのが若さで、一定程度、年齢を重ねるともはやそう意志することができなくなる。

体力が衰えるということもあるが、それよりも、その意志と努力が大抵の場合は成就しないということ、すなわち、現実、を知ってしまうからである。

だからこそ年長者は、希望を抱く若者の、子供っぽい無邪気な勇気を、懐旧と悔恨が入り交じったような、甘くて苦い思いをかみしめつつも微笑ましく見守る。

やはり年長者である併義もそのような微笑を口の端に浮かべたであろうか。浮かべなかった。併義は反対に憤怒の表情を浮かべた。

憤怒の表情を浮かべたまま、併義はさきほど駐車場でやったのと同じようなことをした。

併義は、若いカップルのすぐ近くまでいって突っ立ち、いかにも、おまえらのせいで進めなく、そんな事態に半ば驚愕、半ば呆れ、もはやどうしてよいか分からないまま、立ちつくしている、みたいな顔をし、首を曲げて若いカップルを見下ろしたのである。

ところが、ペンキを選ぶのに夢中なカップルはこれに気づかず、なお、夢中でペンキを選んでいる。

併義の表情がよりいっそう険しくなった。

併義は、もうこれ以上、近づくと足がぶつかるという限界ぎりぎりまでカップルの女の方に近づき、全身から、オレがここにいる、という雰囲気を、むんむん発散した。

にもかかわらず、カップルはペンキを選び続けている。

これにいたって併義は、ペンキとは反対側の、接着剤の並んだ棚を見ながらもと来た方へゆるゆる引き返した。

諦めたのか。そうではなかった。

少し戻った併義は踵を返すと、やや歩度をあげてカップルの方へ歩いていき、カップルに近づいても少しも速力を落とさず、というか逆に速力を上げて、そのまま通り過ぎた。

通れないところを無理に通るのだから当然のごとくに身体がぶつかる。

がすっ。

併義の膝が、男の肩にぶつかった。男は、「痛っ」と声を上げ、反射的に併義の足を避けるような格好になったその脇を併義は、涼しい顔で通り過ぎた。

陳列の棚を抜けて、棚を横断する通路に出た頃、

「退いてほしかったら口で言えよ。人間なんだからよ」

という女の声が背後に聞こえたが、併義は小声で、「道、塞ぐ方が悪いんだよ、バカヤロー」と呟き、「星条旗よ、永遠なれ」のメロディーを口笛で吹きながら、その先の棚と棚の間に入っていった。


トイレットペーパーなどかさばるものを緑色の籠に入れてレジの近くまで来た併義は、二十ばかり並んだレジの列に鋭い視線を走らせた。どの列にも、籠から溢れそうなくらいにたくさんの品物を買ったお客が行列を作っていた。

そんななか併義は、右側のあるレジの列に目を留めた。並んでいる客の数は他の列も同じくらいであった。しかし、そのレジに並んでいる客の籠のなかの品物の数は他の列のそれと比べて異様に少なく、なかにはガムテープ一本とゴム手袋しか籠にいれていない者もあり、その他の客の籠にも、せいぜい、たわしとレンジフードカバーとネジとスリッポンくらいしか入って

いなかった。

そのことを確認した併義は、自身の立つ位置から右に、レジの台数で五台分隔たった位置にあるそのレジの列に並ぼうとレジと陳列棚の間の通路を進んだ。

その中途には客の列があったが、併義は臆せずこれを乱暴にかき分け、五台目のレジの最後尾めがけて真っ直ぐに進んだ。そして、もう少しで最後尾だ、というところまで来たとき、向こうから中年の女性がやってきて、併義が目指す列の最後尾につこうとした。

女性の籠には、板、ボンド、束になった帳面、スリッポン（なぜみんなスリッポンを買うのか？　特売なのか）、蝶番、ビニール紐、S字フック、ホース、猫缶、定規、白セメント、マグカップ、電球、蛇口、ニッパーなどが山盛りになっていた。

それをみてとった併義は猛然とダッシュしたが、女性はレジの列にごく近い位置に居たため、併義が最後尾のすぐ近くに来たときはもはや、ほぼ列に並んでいるといってもよい格好になっていた。

しかし、まだ完全に列に並んだ格好にはなっていないと言うか、列の最後の客との間に曖昧な空間があった。それをよいことに併義は、卑怯な猿のような顔を女性の方に向けつつ、両肘をくの字に突っ張らかし、がに股で、ぐい、と割り込み、くるっと反時計回りに回転して、列の最後尾についた。

その際、併義の右の肘とプラスチックの籠が女性の脇腹に、がすっ、ぴしっ、と当たり、女性は苦痛に顔をしかめつつ、隣の列に蹌踉《そうろう》として去った。

列は併義の睨んだ通り、他の列より随分と早く進み、併義は満足した。

買い物を終えてとりあえず上框《あがりかまち》に荷物を置き、リビングに入った併義はデッキの時計をみた。駐車場でよい位置に駐車し、通路でカップルを退かせ、レジで中年女性を突き飛ばして空いた列に並んだせいで、まだ正午になっていなかった。キッチンから葵子が手を拭きながら出てきて言った。

「あら、早かったのね」

「うん」

「お午にする」

「そうしよう」

併義がそう言うと、葵子は再びキッチンに行き、暫くして、大きな木の皿に盛ったサラダと籠に盛ったパンと切って皿に並べたバターを運んできた。

サラダの皿には、レタス、ベビーリーフ、セロリ、タマネギ、キュウリ、トマト、キドニービーンズ、アボカド、スプラウトその他が入っていた。

併義は、葵子が席に着くと同時に席を立ってキッチンに行き、冷蔵庫から缶ビールを取り出してリビングに戻ってきた。

棚からビアグラスを取り出し、ビールを注いで飲んだ併義を葵子は黙って見つめていた。

その視線に気がついた併義は、サラダを自らの皿にとり、一口食べて言った。

「僕らはこういう野菜主体の食生活をしているから癌にならないね。やはりね、こういうのがいいんだよ。あ、うまいなあ、うまいわ、これ」

そう言って併義はまたビールを飲んだ。葵子が言った。

「でもね、野菜だったらなんでもいいって訳じゃないみたいよ」

「あ、そうなの？」

「そうなのよ。輸入野菜なんか、がんがん農薬使ってるしね」

「そうだよな。だからやっぱり、ほらスーパーとかでもあんじゃん、有機野菜って書いてあるやつ？　ああいうのがいいんだよ」

「でもそれも書いてあるだけって話もあるしね。まあ、でも値段見ればウソかホントか分かるけどね。あと、食べれば味で分かるでしょ」

「ほんと、ほんと。これはホンモノだわ。だってうまいもん」

「でしょ。そのトマト一個四百円もしたのよ」

げほっげほっげほっ。トマトが一個四百円と聞いた途端、併義は噎《む》せ、ビールを飲んで漸く呼吸を整えて言った。

「まあ、この味だったらそれくらいするだろうね。午に会社の近くのランチなんかで出てくるのとぜんぜん違うもんね」

「でしょでしょでしょ。そんなのでも有機とか書いて売ってるのよ。ほんと信用できないわ」

「それはあれだよ、やっぱりね、書いてあることっていうのは大抵が嘘なんだよ。大抵は美辞麗句なんだよ。机上の空論なんだよ。規則とかルールなんてのもそうだよね。そんなのさあ、誰も守ってないんだよ。一応書いてあるだけなんだな。もちろん処罰されるような違犯はしないよ。けど、微妙なとこってあるじゃない。道徳とぎりぎりのとこっていうか。そこに近ければ近いほどみんな守ってないんだよ。っていうか、そんなもん守ってたら現実のなかで生きてけないんだよ」

　酔いが回って饒舌な併義に葵子が言った。

「そんなんだったらルールなんかなくしちゃえば簡単でいいじゃない」

「ところがそれが駄目なんだよ」

　とビールをあらかた飲んでしまった併義が言った。

「守らない規則やルールでも、それは尊重してる振りをしないといけないんだよ。おおっぴらにやっちゃいけないんだ。他人が見て見ない振りができるような違反じゃなきゃいけないんだ。声高に、ルールなんか関係ない、なんて言っちゃいけないんだよ。そうするとしたり顔で、ルール違反はいけない、と言われたり、秩序を乱す奴、っていうレッテルを貼られてスポイルされるからね。もちろんそういうことを言う連中だってルールは守ってないし、そういう自分を守るためにそういうこと言うんだけどね。でもそれをはっきり宣言しちゃったらだめなんだ。あくまでルールは大事という顔をしつつ、現実的にはちょっとね……、かなんか言って言葉を濁してなきゃいけないんだよ」

「それって卑怯じゃん」

「ぜんぜん卑怯じゃないよ。現実と書いたものは違うってだけだよ。しょせん書いたものは全部、ブンガクってことだよ。難しいばかりでぜんぜん現実的じゃない。ただ、人間はそういうドリームが必要なんだね。規則もルールもモラルも有機栽培も全部ドリームだしブンガクなんだよ。でも人間はそういうもんがあることにしないと生きてけない」

「いろいろ難しいのね」

「それは……」と言いかけて暫く黙っていた併義は、

「まあな。それがニホン社会ってことだよ」

と、唐突に話を打ち切って新しい缶ビールをとりに行った。


うっぷ。ときおりそんな音を立てつつ、缶ビール三本の酔いに顔を赤くした併義は除草剤のボトルを手に庭に立っていた。

併義は除草剤のラベルに小さな字で印刷してある取り扱い説明書に顔を近づけ、これを読み取ろうとして中途でやめた。もはや小さな字が見づらいのだ。

併義は独り言を言った。

「こんなものは、書いてあるだけの机上の空論なんだよ。いちいち読む必要ねぇよ」

併義はそういってボトルの蓋を取ると、隣家との境界まで行き、手にかからぬように注意しながら生い茂る隣家の雑草めがけてボトルの中味を、じゃあじゃあ振りかけた。

一本まるまる振りかけて満足した併義は隣家との境界沿いに裏口に回り、キッチンの脇の細い入り口の前に置いてあるポリバケツに空のボトルを捨て、裏口からキッチンを通り抜け、洗面所に行って手を洗った。

手を洗って出てきた併義に葵子が声をかけた。

「撒いてきたの？」

「ああ、撒いてきた」

「大丈夫かしら」

「なにが？」

「人の家の庭に勝手に除草剤撒いたりして」

「大丈夫だよ。だって雑草だよ。逆に感謝されたいくらいだよ」

「じゃなくて」

「じゃなくてなんだよ」

「ほら、お隣の猫がいるじゃない。猫ってさ、胸が焼けると草を食べるでしょ。除草剤がかかった草食べたらまずいんじゃない」

「いっや一、どうかなあ。猫は用心深いからそんな変な匂いのする草、食わねえんじゃねぇの」

「食べなくても足、舐めたりするでしょ。そのうえ歩いて、それで足、舐めたら死んじゃうんじゃない」

「つかさあ、そうかも知らんけど、別にいいじゃん。たかが猫でしょ。だったら僕はどうしてくれる訳よ。僕の心は。雑草が僕の家にはみ出てることによって僕の精神は傷ついてるんだよ。それはどうなったっていいのか。僕はキャノンの家の猫の犠牲にならなきゃならんのか？　それは違うだろう。だってここは僕の家だもん」

「それもそうね」

葵子はあっさり同意してリビングに入り、併義は二階へ上がっていった。

翌朝。午前九時に目を覚まし、リビングに降り、テーブルの上に新聞がないのに気がついた併義は、玄関を出て門の方へ歩いていった。

爽やかな休日の朝であった。住宅地にあってもどことなくざわついた気配の漂う週日と異なり、あたりはゆったりと落ち着いて、木の葉が風に揺れる音や鳥の鳴き声がときおり聴こえるばかりであった。

空気が澄みわたって、世界が完璧な調和を保っているようにみえ、門柱脇の郵便受けから朝刊を抜き取った併義は思わず、

「うーん。いい感じだなあ」

と独り言を言い、暫くの間、バカのような顔で平凡な風景を眺めていたが、やがて踵を返し、玄関の方に歩き始め、再び、いやー、いい感じだ、と言いかけて、そうは言わず、「うわっ」と声を上げて立ち止まった。

庭の土の上に雉猫が長々と横たわっていたからである。

寝ているのでないことは一目で分かった。昨日まで生の感触のあった猫はいまや一箇の物であった。そしてよくみるとその目は、すぐ目の前にあるものが信じられずに凝視するようにみひらかれ、かっと開いたその口の先の土に赤黒い血の痕があり、前脚の指はすべて開いていて、それらがその命の終わるときの苦悶の凄まじさを物語っていた。

併義は、真っ直ぐ玄関の方へではなく、斜めにリビングの窓の方へ駆け、窓を開いて大きな声で言った。

「母さん、大変だ。キャノンのところの猫がうちの庭で死んでる」

「だから、除草剤なんか撒いて大丈夫なの、って言ったじゃない」

「うん。まあ、そうなんだけどね。まさかホントに死ぬとは思わなかったんだよ」

併義はしょんぼりした様子で葵子に言った。

ふたりの間に死んだ猫が横たわっている。葵子は猫と併義を交互に見ながら言った。

「どうすんの。キャノンになんて言うの」

併義は隣家の庭と葵子を交互に見ながら言った。

「クルマがない、ということはキャノンは昨日から帰ってきてないということだ。いまのうちにどっかに埋めにいけばばれないよ」

「どこに埋めにいくの」

「前の畑に埋めれば……」

「駄目に決まってんじゃん。畑ってのは耕すから畑なのよ」

「そうか。でもうちの庭に埋めるのは嫌だしな。ああ、メンドクセー。けど、あれじゃない？キャノンの庭に戻しといても大丈夫じゃない？」

「なんで大丈夫なの？」

「だって、前が畑じゃない？　畑には農薬が撒いてあるからねぇ。農薬舐めて死んだと思うんじゃないかな」

「でもじゃあ、あれはどうなんの？」

と葵子は隣家の、草が黄色くなって倒れた一角を指差した。

「どうみたって、あれが原因だと思うに決まってるよ」

「そうかあ、じゃあ……、つか、面倒くさいよ。なんでさあ、僕がこんな嫌な思いしなきゃいけないわけよ。ああ、くさくさする。ああ、くさくさする。元はと言えばキャノンが雑草生やしたり、こいつが、この猫が勝手に僕の家の庭を荒らしたりするとこから話が始まってる訳でしょ。それでなんで僕がこんな嫌な思いしなきゃ行けない訳よ。僕はついさっきまで非常に爽快な気分だったのに、この猫のせいで台無しだよ。こいつは死んでまで僕を嫌な気分にさせるのか。いい加減にしてくれよ」

「ほんとにそうよね。どうしよう」

葵子は猫を見下ろして言った。

「まったくもう、いっそ気分直しにどっか行きたいくらいだよ、あ、そうだ。それだ」

と、併義は不意に大声を上げた。

「どうしたの。なんなの」

「そうだ、母さん、それだよ」

「どれなの」

「つまりね、僕はいまくさくさしてる訳だよ。毎日、会社で働いてさ、やっと休みだと思ったらキャノンがどうの、猫がどうの、農薬がどうのって、くだらないことに煩わされてる訳だよ。だからいっそどっかにドライブに行ったらどうかと僕は思った訳よ」

「いいわね。でも猫はどうすんの」

「それが一石二鳥ってことだよ。つまり、どっか眺めのいい山みたいなところにドライブに行ってついでに猫を埋めてくればいいんじゃないかと思ったのよ。要するに、猫を埋めるためにわざわざ遠くに行くと思ったらムカつくじゃない？　けど、自分の気持ちを爽やかにするためにドライブに行ってそのついでに埋めると思ったら気が楽っつか、気になんないじゃん。要は気の持ちようっつか」

「なるほどね。じゃあ、そうしましょうよ。私、いまからお弁当作るよ」

「そうしよう、そうしよう。そういえば昨日から弥香、みないな。まだ寝てんのか。弥香も行かないかな」

「弥香はおとといから居ないよ。お友達のところに泊まるって」

娘が家に帰っていないと聞いて併義は顔をしかめた。

「え、帰ってないのか。大丈夫か」

「大丈夫よ」

「なんで大丈夫って言えるんだ」

「だってケータイでいつでも連絡つくもの。昨日も電話あったし」

「あ、そうなの？　まあ、連絡さえついていれば安心か」

「そうよ。声、元気そうだったし」

「しかしなあ、悪い男に引っかかったりしたら……」

「大丈夫よ。まだ子供だもん」

「そうだな。まあ、後で電話しといてよ」

「ええ。今日は帰ってくるわよ。だって明日、学校だもん」

「そうだよな。じゃあ、俺も着替えるか」

「そうね。私、お弁当作るけど、朝はじゃあ、簡単でいいわね」

「そうだな」

併義と葵子は肩を並べて玄関に入っていき、後に猫の屍骸が残された。やはり、目をかっとみひらいていた。


高速道路を快調に飛ばしながら併義は、親指と人差し指ばかりでハンドルを握り、カーオーディオから流れる軽快なビートルズ・ナンバーに合わせて、宙に浮かせた残り三本の指でハンドルをパーカッションに見立ててとんとん叩いた。

併義は上機嫌なときによくそうした。併義は葵子に言った。

「こういうさあ」

「え？　なに？」

「こういうさあ、空のひろいところに来るの久しぶりだよね」

「そういえばそうね。うちの方も、まあ、都下だけど、やっぱここまで来ると違う」

「そうなんだよ。やっぱ人間はさあ、たまにこういうとこ来ないと駄目なんじゃない。なんか、こせこせしてくるっていうかさあ。たまにこういうとこ来ないと、人間が小さくなるよね」

そう言った直後、併義は急にクルマの速度を上げた。葵子が聞いた。

「どうしたの？　なんかいま急にスピードあがったみたいだけど」

「いま、左から前に割り込もうとしてるクルマがあったから、割り込まれないようにスピードあげたんだよ」

そう言って併義は、運転席の日よけを下ろした。

「まぶしいな。前がよく見えない」

「気をつけてよ」

葵子がそう言って急に黙りこくった。併義も黙って運転した。

併義は、頻繁に車線を変更し、追い越しを繰り返した。右車線に遅いクルマがいる場合は、左に右に縫うようにしてこれを追い越した。葵子が言った。

「どうしたのさっきから」

「うん？　別にどうもしないよ」

「そんなことないよ。さっきからなんでそんな急いでるの。なんか苛々してるみたいよ」

「いや、そうじゃなくてね。ほら、日差しが強いじゃない。早くつかないと、後のアレ……」

と言って、バックミラーを見た。

「腐っちゃうんじゃないかな、と思って。段ボールに入れたとき、もうかちかちになってたけど」

「そんなことないんじゃない。でもそう思うんだったらエアコンを強くしたら」

「うん。まあ、そこまでしなくても大丈夫だろう」

「そうよ。大丈夫よ。っていうか、なんでそんなこと考えるのよ。あの猫が死んじゃったの気にしてるの?」

「いや、気にしてるわけじゃないんだけどね。さっきあいつを手に持ったときの感触が掌に蘇ったような気がしてさあ、それでなんか急に早く埋めなきゃ、と思っちゃったんだよ」

そう言って併義は、ハンドルを持った手をわじゃわじゃさせた。

「けど考えてみりゃ、別に焦ることないよな」

「そうよ。楽しくしましょうよ。のんびり行きましょうよ」

「そうだ。楽しくしよう」

併義は時速80キロを保って周囲の風景を楽しみながらのんびりクルマを走らせ、言った。

「僕らは毎週ドライブすることにしよう。来週は弥香も連れて行こう」

「そうしましょう」

と葵子が応じた。

曲がりくねる峠道の、大きなクルマが行き違うときに退避するために設けられた空間に併義はクルマを停めた。

葵子が言った。

「どうしたの。こんなところにクルマ停めて」

「ここから、ちょっと歩いたところに誰も来ない、眺めのいいとこがあるんだよ。そこでお弁当食べようよ」

「いいわね。でもあなたなんでそんなところ知ってんの」

妻に問われて併義は少し言いよどんだ。

「それはあれだよ、昔、仲間と来たことがあるんだよ」

「あ、そうなんだ。じゃ、私、お弁当持つから、あなた、アレ持ってよ」

「アレってなんだっけ」

「アレよ、ほら、猫の。埋めるんじゃなかったの」

「ああ、そうだそうだ。忘れてた」

と、ことさら快活に言って併義はクルマを降り、クルマの後にまわって荷室のドアーを開けて、雉猫の屍骸の入った段ボールに手を伸ばした。

雉猫の、いまだ、かっ、とみひらいた目が白濁し始めていた。

滲み出した体液でいったん濡れた毛皮が乾いて固まり、がさがさになっていた。

顔を背けるようにして箱を取り出した併義はこれをいったん地面に置き、それから後部座席のドアーを開けてリュックザックをとりだして背負い、荷室のドアーを閉めて、すでに弁当の入った籠を持ってクルマの左側に立っている葵子に言った。

「いいかい」

「いいわよ」

「じゃあいこう」

併義はそう言ってかがみ込み、段ボールを持ち上げ、胸の前に抱えた。小さな棺を捧げもっているような格好だった。

車道をしばらく行くと、右手に車道から離れて梢の間を上っていく小径があった。

併義は小さな棺を捧げもったような格好のまま薄暗い小径に入っていき、葵子がこれに続いた。

鳥の鋭い鳴き声がどこかから聴こえていた。

樹々の間の緩やかな上り勾配は、やがて、幾重にも折れ曲がりながら急な上り勾配となり、それをなお上っていくと、彼方に黒い稜線と青い空が見え、併義と葵子は稜線を見上げつつ、急な坂道を上っていった。

そして稜線に辿り着いて葵子は、息を弾ませつつも、「わあ」と歓声を上げた。

「わあ。いいなあ」

「いいだろ」

と、段ボールを地面に下ろして併義は得意げに言った。

稜線はちょうど山襞の折れ曲がるところにあってその前面の視界は大きく開けていた。遥かな谷底には大きな人造湖の湖面がきらきら光っていて、水というよりは光の塊、光そのものがそこにあるようであった。

その向こうには全山が燃えるように紅葉した山塊が連なり、そのなだらかに果つるところに、人間の住む町がかすんで見えた。ビル群が光を反射して白い墓標のようであった。

そして手前側には芒《すすき》が顔を出して風に揺れているのである。葵子はもう一度、言った。

「ほんとうに、いいわ」

併義もまた言った。

「いいだろう」

そう言ったきり併義も葵子もなにも言わずに風景に見とれていた。

「じゃあ、食べようか」と言い出したのは併義であるが、「その前に嫌なことは済ませておこう」と言ったのも併義である。

併義はリュックザックから移植ゴテを取り出し、しばらくそこいらをぶらついていたが、やがて右後方の、折れ曲がった稜線が再び立ち上がるあたりの斜面に適当な場所を見つけるとかがみ込んで穴を掘り始めた。

掌の長さ分くらい掘り進んだ頃、そこいらを歩き回って風景を眺めていた葵子がやってきて、肩越しに穴をのぞき込み、声をかけた。

「どう？」

「うん。意外に掘れるもんだね。掘りやすい。けどもうちょっと掘らないとな」

「なんで。それだけ掘ればもういいんじゃない」

「うん。けど、これじゃまだ段ボールは入らない」

「段ボール、いいんじゃないの。猫だけ埋めれば」

「そうだな。そうするか」

そう言って併義は、雉猫の横たわる段ボール箱をとりにいき、穴のところに戻ってくると、これを逆さにして雉猫を穴に落とした。

深さは十分であったが、幅が少し不足していて、猫の四肢が穴の縁からはみ出た。併義ははみ出た四肢を足で無理に押し込めたうえで土をかけた。

土をかけながら併義は冗談めいた口調で、「なんかさあ、殺人をして山に死体埋めるってよくあるじゃない？　あれってこういう感じなのかなあ」と言い、葵子に、「そんなことといわないの」と窘《たしな》められた。

雉猫は次第に土に埋まっていき、そして見えなくなった。

雉猫には名前があった。

セーギーという名前であった。

セーギーが土に埋まっていき、そして見えなくなったのである。


セーギーを土に埋め終えた併義は、ぱんぱんと景気の良い音を立てて手に附着した土を払いつつ葵子に言った。

「さ。飯にしよう」

「そうしましょう。でもどこで食べましょう。眺めがよいのはさっきのあのあたりだけど、座る場所がなさそうな……」

葵子が言うのを聞いた併義は、笑みを浮かべつつ、リュックザックのなかから折畳傘のようなものを取り出し、これを左右に引っ張った。

したところ、折畳傘のようなものはたちどころにカンバスを張った床几《しょうぎ》と化した。葵子が言った。

「すごーい」

「だろー?」

と併義は得意げに答え、もうひとつ折畳式の腰掛けを出しつつ言った。

「僕はねぇ、こういうことについてはちょっと凄いんだよ。僕はつねにどんな状態でもベストなポジションを追求するんだよ。例えば学生の頃、みんなで酒を飲んでね、タクシー代がないから近くに住んでる奴の家に雑魚寝したりするだろ？　下宿だから布団なんて一組しかないよ。そんなとき僕はどんなに酔っていても、先ず布団を確保して、一番よい場所に敷いてベストポジションをゲットしたもんだ。他の奴らはろくに布団がなくって寒い、寒いと言って寝られなかったりするんだけど、僕は朝までぐっすり眠った。会社に行くときもそうだよ。僕はありとあらゆる秘術を駆使して、扉近くのバーのところに位置を占める。その駆け引きはときに政治的でもあるんだけど、僕は常に勝者だよ。トロい奴は、まん中のつり革すらないところでよろよろして人が乗り降りするたびに人の波に翻弄されてきりきり舞いを舞っている。僕は扉か座席のしきりにゆったりと凭れ、バーを握って内心でにやにや笑いながらそんなバカを見物してるんだよ」

「そういえば、あなたソファーに寝そべってテレビ観てるときでもしょっちゅうクッションの位置、変えてるわね」

「そうそうそうそう。そういうことだよ。僕はどんなときでも、自分がもっとも快適な状況というのを追求するんだよ。そのためには他人を押しのけることだってあるかも知れない。それをエゴイズムといえばそうかも知れない。けど人生っていうのはしょせん競争なんだよ。ベストポジションの取り合いなんだよ。なにも勝った自分を卑下することはないんだよ。俺はそういう風にいつでも快適なベストポジションをとれるように機敏に動ける自分、というのをむしろ感動的に受けとめてる。自分をいい奴だと思ってる。あの猫だって死んだけど、それはオレの快適を邪魔したということで死ぬべくして死んだんだよ。ニンゲンはどうせいつかは死ぬんだよ。それだったらベストポジションで快適に暮らさないと損じゃん」

なにを興奮したのか、立ったまま熱っぽく語る併義の話を、すでに折畳式の椅子に腰掛けていた葵子はあまり聞いていなかった。

葵子は、「アーン、そうなんだ。アーン、そうなんだ」と気のない相槌を打っていた。

そのことに気がついた併義は、

「ま、そういうことなんだけど、まあ、食べようか」

と言って、竜頭蛇尾、という具合に話を切り上げて床几に腰掛けた。

平目のグリル、鶏肉団子、里芋と筍とキヌサヤを煮たもの、ちくわの明太子和え、桜エビの入った玉子焼き、自家製ピクルス、柴漬。そんなものが弁当には入っていた。併義は言った。

「うわあ、うまそうだなあ。でもたくさんあるなあ、食べきれるかなあ」

そんなことを言いつつ食べ始めた併義が景色を眺めつつ言った。

「いっやー、いいよね。この秋晴れのよき日に、だよ。こんなうまい弁当をこんな眺めのいいところで食べるなんて最高じゃないか」

「ほんとよね」

葵子がそう応じた。

「だろう？　っていうのもでもここまで来たからであって、普通だったらこうはいかないんだよね。普通はさっきクルマを停めたところの先にあるパーキングのなかの無料休憩所でまずいうどんとかフレンチドッグとかそんなの食うんだよ。訳の分からんかまぼこの焼いたのとかね。しかもこんな景色は絶対にみえないし、ははは、可哀想な奴らだ。僕らはここに来てよかったねぇ、母さん」

「ええ、ほんとに。でもなんか……」

「なんかなに？」

「蝿が多いわね」

「え、そうか？」

と訊き返して併義は、

「あ、ほんとだ。うわっ、うわっ、うわうわっ」

と言って、顔の前で激しく手を振った。

「ほんとだ。しかもでかい」

そう言いながら併義はなお手を振った。

蝿は葵子よりも併義を慕って集まってくるようであった。

そうして併義が蝿を追っていると葵子が不意に、「あっ」と大声を上げた。

「どうしたっ」

「あ、あそこにっ」

と葵子は、左手の斜面の茂みを指差した。

「どうしたというんだっ」

併義は葵子の指差す方をみて再度、「うわっ」と声をあげた。

白い、むくむくしたものが蠢いていた。併義は思わず呟いた。

「可愛い……」


子犬は全部で五匹いた。白のような薄茶色のような色でむくむくしていた。雑種らしかった。

併義と葵子の姿を認めた子犬たちは、懸命に駆けてくると、真っ黒な、信じきったような目で、併義と葵子を見上げた。くーん、くーん、と声を上げている者もあった。併義が言った。

「こいつらは捨てられたんだ。子犬が一度に生まれたんで飼えなくなって山に捨てにきたんだよ。ひどいことするなあ。腹を減らしてるよ」

そう言って、併義は子犬に食べかけの平目を与えた。

犬は争ってこれを食べ、併義はさらに飯やお菜を与えた。

「よしよし。可哀想にな。食え、食え。ははは、食ってる食ってる。よっぽど腹が減ってたんだなあ。あ、こら。おまえばっかり食うな、そっちの小さいのにもやれ、駄目っ」

そんなことを言いながら併義は子犬に弁当の残りを与え、葵子も自分の弁当の残りを犬に与えた。子犬は弁当を食べて満腹したらしく、そこいらで遊び始めた。

併義と葵子は犬と遊んだ。

暫く遊んでから併義は葵子の顔を見て言った。

「こういう生き物を山に捨てる奴があるかと思うと、僕はたまらない気持ちになるよ。いったいそういう奴っていうのは生命をどういう風に考えてるのかね」

「ほんとよね」

「僕はそういう奴は許せないよ。でもまあ、こいつらも僕から餌を貰って満腹になっていまはああして楽しく遊んでるのだから僕は嬉しいよ。さ。じゃあ、弁当も食ったし、犬とも遊んだし、そろそろ行こうか」

「え？　じゃあ、この犬はどうすんの？」

「どうすんのって、どうしようもないよ。こいつらは捨てられたんだ。なんとか自分たちの力で生きていくしかないよ。つか、家で飼うとでも言うの」

「そうは言わないけど」

「だろ？　家では飼えないよ。だって家には家の生活ってものがあるからね。家で飼うなんて土台、無理な話だよ」

「それはそうね。私も忙しいし」

「そうだろ。僕も仕事があるし、弥香は弥香で学校があったり友達付き合いがある訳だろ。まあ、僕らができることは弁当を分けてあげることくらいだよ。後はまあ、運命っていうか、僕らがどうにかできる問題でもないし、しょうがないんだよ」

「そうよね。じゃあ行きましょう」

葵子がそう言い、併義は折畳の腰掛けをリュックザックにしまい、葵子は広げたハンカチをバスケットにしまい、弁当箱や飲み物の入っていたポットもバスケットにしまった。

ペットボトルやその他のゴミは、併義が白い袋に入れて谷底めがけて投げ捨てた。

その間も、子犬たちは嬉しそうに併義らの足元を駆け回り、併義らがクルマを停めたところへ向かって歩き始めてもまだ嬉しそうについてきた。葵子が言った。

「どうしよう。まだついてくるよ」

「ははは、メシを貰ったのがよっぽど嬉しかったんだな」

併義はそう言って快活に笑った。子犬たちも併義たちと一緒なのが嬉しいらしく笑ったような顔で、ときおり併義たちを見上げ見上げしながら、よちよち歩いていた。

併義と葵子がクルマのところに戻ってもまだ子犬たちはついてきていて、併義と葵子がクルマに乗り込むと一緒に乗せてもらえるもの、と信じ、信じきった瞳で併義を見上げた。

しかし併義はドアーを閉め、

「じゃあな。頑張れよ」と言うと、エンジンをかけクルマを発進させた。

道路に出て暫くして振り返った葵子が言った。

「あの子たち、まだついてきてる！」

それを聞いた併義がバックミラーをみた。

五匹の子犬が併義のクルマの後を追って懸命に駆けていた。ときおり転ぶ者もあったがすぐに起き直って後を追った。犬たちはまだ併義たちを信じているのであった。

その姿をバックミラーにみた併義は、

「うん。そのようだね」

と気のない声で返事をして、アクセルを強く踏み込んだ。回転計の針が跳ね上がった。カーブを過ぎて子犬たちの姿はすぐにみえなくなった。


早朝。併義と葵子がドライブに出掛けてから四週間後の静かな休日の朝。

セーターを着込み、リビングルームのテーブルの前に腰掛けた併義はテーブルの上の新聞をみてにやにやしていた。

何度も読み返したらしく、新聞の折り目がぼわぼわになっていた。

併義は新聞に手を伸ばすと、いったんこれを広げ、角を揃えて二つ折りにし、それから角を揃えて、四つ折りにしてテーブルの上に置いたが、再度これを手にとると、下の方にある記事が読めるように、折り目をずらしてテーブルの上に置いた。

併義はテーブルの上に肘をついてまた記事を読んだ。

記事を読むのは十度目であった。

読みながら併義はまたにやにやしたが、誰かが階段を下りてくる足音がしたので、慌てて椅子の背もたれにもたれかかり、ことさら謹厳な顔をした。

階段を下りてきたのは葵子であった。葵子は併義をみて言った。

「あら。早いのね」

「まあね」

併義はそう言って新聞をテーブルの向こう側に押しやった。しかし、葵子はテーブルに座らずキッチンへ行った。併義がその後姿を見送っていると、葵子は、ペリエの壜とグラスを手に持って戻ってきて、併義の前に座った。

しかし、まだ新聞を読まないで窓の外の景色を見ながらペリエを飲んでいる。その様を見て併義が言った。

「新聞読まないの?」

「うん。読む」

そう言いながらも葵子が新聞を手にとらないので、ついに併義はテーブル越しに手を伸ばし、「ここ読んでよ、ここ」と言った。

言われた葵子は、訝りながら新聞を手にとったが、すぐに、「え？　うそ？　すごいじゃない」と言って顔を輝かせた。

併義が指し示したところに、

子犬たちの命を思う　薄田併義（東京都・55歳・会社員）

と書いてあった。文章の内容は、

休日に妻とドライブに出掛け見晴らしのいいところで弁当を食べていたところ腹をすかせた子犬が五匹集まってきた。弁当を与えたところ喜んで食べたが、こんなところに子犬がいる訳がなく、誰かが車で連れてきて捨てたのだろう。むごいことをするものだ。広い世の中にはむごいことをする人があるものだ。自分には生活があって飼えないのでそのままにしてきたが、あの子犬たちはその後、どうなったであろうか。心が痛む。

というものであった。読み終えた葵子が、

「すごいじゃない。あなた文才あるわ」

と言って併義を讃えた。併義は笑みがこぼれそうになるのを堪え、がために曲がった口をひくひくさせて言った。

「いやあ、そんなのたいしたことないよ」

「そんなことないよ。すごいよ」

「そうかなあ」と、言ってついに堪えきれなくなった併義は笑みを洩らしていった。

「実は僕、前から小説書きたいと思ってたんだよ」

「あ、そうなんだ」

「そうなんだよ。書けると思うんだよね。僕。だって僕、若い頃から結構いろんな奴見てきたし、いまの仕事で経験したこともけっこうあるしね」

「いいじゃん。きっと書けるよ」

「そう思う？」

「ぜんぜん思うよ」

「そうか。じゃ、今度、時間ができたら書こうかな」

とすっかり上機嫌になった併義は言った。

「弥香にも新聞見せよう。弥香は、まだ、起きてこないのか」

「日曜のこんな時間に弥香が起きてくる訳ないじゃん。つか、昨日からお友達のところに泊まってるのよ」

「またか」

そう言って併義は眉をひそめたが、それ以上はなにも言わなかった。

そのまま新聞を読んでいた葵子がふと顔を上げて言った。

「でもさあ……」

「なに？　僕の小説のこと？」

「じゃなくて、あの犬、あの後どうなっただろうね」

「ああ。死んだだろう」

併義は気のない調子で言い、リモコンを操作してテレビをつけた。

山林のようなところにブルーシートが敷いてあってその周囲を人がうろうろしている画像が映った。

ヘリコプターからとったような粗い、とりとめのない画像だった。アナウンサーの、

「……の山林で高校生とみられる女性の遺体が発見されました。女性の首にはロープのようなもので絞めた跡があり、警察では女性の身許の特定を急ぐとともに殺人事件とみて調べを進めています」

という声が聴こえた。

併義は葵子に、「物騒だなあ」と声をかけ、それから間をおいて、

「弥香は大丈夫なんだろうな」

と言った。

新聞を読んでいた葵子は間をおいてから顔を上げて言った。

「大丈夫でしょ」

「電話かけてみなくていいのか」

「こんな時間に電話したら怒られる」

「じゃあ、昼前に電話かけてみたほうがいいかも」

併義はそう言うと沈黙して朝のニュースをみた。

葵子も無言で新聞を読んだ。

五分後、リビングルームの固定電話が鳴った。

休日のこの時間に併義方の電話が鳴ることはほとんどなかった。併義と葵子は顔を見合わせた。

「君、出ろよ」

「あなた出てよ」

そう言いあうばかりで併義も葵子も立ち上がらなかった。

固定電話が鳴り続け、併義と葵子は痺れたようにいつまでも立ちあがれない。

二倍

都心のオフィスビルの四十八階。明るくて機能的なオフィスのフロアーに足を踏み入れた瞬間、小川雄大は、毎朝その瞬間に覚える小さな愉悦をその日も楽しんだ。

朝日が斜めに射し込むオフィスにはすでに十数人の社員が出社し、それぞれの仕事を始めていたが、その様子は活気・活力に溢れ、自信と責任感に溢れていた。でも重苦しい雰囲気はぜんぜんなくて、社員はみな若く、部長クラスでも四十代であった。明るい奴ばかりで、みなファッションのセンスがよく、さりげないところに気を配った恰好をしていた。女子社員は美人ぞろいであった。業績はぐんぐん伸び、入社したばかりの雄大の給料はまだ安かったが、二十代後半で都心のマンションをキャッシュで購入した先輩がたくさんいた。

雄大は、典型的な昇り調子の会社だ、と思った。

そして、正社員として就職できただけでラッキーと言われるこのご時世、俺はそんな会社に入った。同世代の友達やなんかで就職できなかった奴はみな暗い顔をして発泡酒を飲んでいる。

しかし俺は、顔はまあ、同じように暗いかもしれないがビールを飲んでいる。先輩に連れて行ってもらったレストランでシャンパンを飲むことだってある。将来的な収入の開きは相当なものだろう。つまりどういうことかというと、俺は一応、最末端ではあるが、勝ち組、という組に属することができたということだ。もちろん、自分が正社員であることをひけらかしたりはしない。就職できなかった奴らへの同情心もある。こんな社会、おかしいのではないか、という気持ちもある。

でも、なんだろう? 出社して俺はこの会社に入ることができたんだ、と思う度に、嬉しくなってつい顔が笑けてしまうんだよ。にやにやにやにやにや。

そんなことを考え、オフィスの入り口で立ち止まっていた雄大に向こうからやってきた南野北斗が、「どうしたんだよ。雄大。なに笑ってんだよ」と、声をかけてきた。雄大は慌てて厳粛な顔をして、「なんでもないよ」と答えると、そそくさと自分のデスクに向かった。

南野に素の顔をみられてしまった雄大は、朝からとんでもない失点だ、と思ってくよくよした。しかも、南野北斗は、そもそも雄大が、この会社に入るきっかけを作ってくれた人物なのであった。

大学を卒業したが就職できず、コンビニエンスストアーでアルバイトをして糊口を凌いでいた雄大は、日経ビジネスと春雨スープとＳＯＹＪＯＹと南アルプス天然水を買った客の顔を見て思わず、あ。と言った。客も、あ。と言った。その客こそたれあろう大学時代の友人・南野北斗であった。

その日はそれで終わったが、近くに家があるのか勤め先があるのか、後でその両方があることがわかったのだけれども、南野北斗は時折、その店に買物に来て、その都度、雄大と目で挨拶、ときには小さな声で、「おお」とか、「やあ」とか言ったりするのだけれども、雄大は勤めの身、落ち着いて話すことは勿論できず、というか雄大はそれが負担で負担で仕方がなかった。

というのはまあ当たり前の話で、机を並べて学んだ学友の、一方はそのりゅうとした身なりから知れるように正社員として就職するのに成功したというのに、一方は就職に失敗、不安定なアルバイトの身分に甘んじており、彼我の歴然とした格差を認識するたびに哀しく虚しい気持ちになるに決まっている。

そこで雄大は、その店を辞めてしまおう、と決意したが、新しいアルバイト先を探すのが億劫&面倒で、ずるずる先延ばしにしていた。そんなある日、また、南野がやってきて、東洋経済と肉まんを買い、「ちょっと一回、電話くれない。話あるから」と言い、紙幣と一緒に名刺を差し出したのだった。名刺には、株式会社ウィヴビーン、ウィン開発局コンテンツ事業センター第二事業企画部、南野北斗とあり、その下に、雄大の勤めるコンビニエンスストアーの近くに聳えるオフィスタワーの住所、電話番号などが記してあって、さらにその下に手書きで携帯電話の番号が書いてあった。

南野が店を出ていくと、雄大はすぐ名刺を破り捨てた。誰がかけるかあ、と思った。そこまでして自慢がしたいのか、と思った。ほっといてくれ、と思い、明日、店を辞めよう、と思った。

　仕事を終えた雄大は、学生時代からずっと借りているアパートに戻り、自分の店ではないコンビニエンスストアーで買った弁当を食べ食べ発泡酒を飲み始めた。疲れているせいか急速に酔いが回った。つけっぱなしのテレビ画面のなかで笑芸人がふざける様をぼんやりみつめながら雄大は携帯電話をいじくっていた。そしていつしか液晶画面には、先ほどみた学生時代から変わらぬ南野北斗の電話番号が表示されていた。雄大は発信ボタンを押した。

　じゃあ、例えばこれからどうなの。と問う南野の口調は学生時代と少しも変わらなかった。ああ、いいよ。と、雄大も同じような口調で答えた。

　じゃあ、きつ吉は？　と、南野は雄大の勤めるコンビニエンスストアーの近くの居酒屋の名前を挙げた。雄大は、ああ、いいよ。と、同じことを言った。

　私鉄の駅に向かう暗い住宅街のなかの道を歩いているときも、地下鉄に乗り換えホームに立っているときも、虚飾と喧噪に満ち満ちた繁華街をとぼとぼ歩いているときも雄大は、ひとつのことを考えていた。

　雄大は、殴ってやる。絶対、殴ってやる。と、考えていたのであった。

　かつての同級生、それも落ちぶれた同級生をわざわざ呼び出し、いまの自分の優位な立場を見せつけて優越感に浸る、などということは人として絶対にやってはならないことで、そんな思い上がった南野に俺が思い知らせてやる。

そう考えて雄大は呼び出しに応じたのであった。


がらがら。四間間口の戸を開けてなかに入るとロの字型のカウンターがあり、客はみなカウンターに腰かけて飲んでいる。カウンターのなかで数名の職人が焼き鳥を焼いたり、鉄板でもやしと畜肉を炒めるなどしている。入り口に立ち、約束の時間を五分ほど過ぎているが、南野は既に来ているだろうか。そう思って雄大は、手前列五名、左右列二十名ほどが座れるようになっている、七分ほどの入りの店内を見わたしたが、南野はまだ来ておらなかったので、右手前側の空いた席に座り、注文を聞きにきた亜細亜系の小女に酒と分葱《わけぎ》饅《ぬた》をそういって南野を待った。


十分ほどして南野がやってきた。南野は、「悪い悪い、出掛けに電話かかってきちゃって」と言いながら隣に座った。本来であればこの時点で、十五分も遅刻するとは何事か。なめているのか。と因縁を付けて殴り、頭から煮え湯を浴びせて大火傷を負わせ、二度と見られぬ顔にしてもよかったのだけれども、なぜか雄大は咄嗟に、「あ、全然、全然」と軽い調子で言ってしまい、そう言った以上、もはや因縁は付けられぬのであった。

そして結果的に雄大はどうしたか。

雄大は泣いた。男泣きに泣いた。

南野の優しさがありがたくて泣いた。自分自身の卑しさが情けなくて泣いた。

南野はなにも自分のいまの立場を自慢しようとして雄大を呼び出したのではなく、いまの雄大の境遇・境涯に同情、なんとか救い上げてやろうとして雄大を呼び出したということが話すうちに知れたからである。

南野は、よかったらうちの会社の入社試験を受けてみないか、と言い、オレなんかむりっしょ、と半信半疑、半ば冗談めかしていう雄大に南野は真剣な面持ちで、そんなことないよ、おまえなら大丈夫だよ。と励まして、その一言で頑だった雄大の心は瞬時に融けたのだった。

ありがとう。オレみたいな人間を気にかけてくれてありがとう。

やっとそう言った雄大に南野北斗は、「なにいってんだよ。それより久しぶりに会ったんだから今日は飲もうよ。痛飲しようよ」と、話題を切り替えるような明るい口調で言った。

雄大は、「そうだな。飲もう」と言いながら、杯を干し、酌をしようとして銚子が既に空なのに気づいて、新しい酒を注文しようとしてどのように注文してよいのかわからず戸惑っている南野を見て、なおのこと南野の優しさに感じいった。

おそらくいまの南野はこんな店では飲まないのだろう。もっと気の利いた店で飲むのだろう。しかし、そんな店にオレを連れて行ったらなんだか自慢しているようだし、貧乏なオレが気後れして居心地が悪いだろう、と慮って、わざとこんな、きつ吉、みたいな店にしたんだよ。

そう思った雄大は、ふっきれたような大声で新しい酒を注文、その後は屈託なく痛飲、きつ吉を出たる後はふたりしてカラオケ店に入りごんで、ミスチルやカオスＵＫのナンバーを熱唱するなどして盛り上がったのであった。

そして試験当日。最初は一次試験として筆記試験などがあり、しこうして後に二次試験として面接があるのだと思い込んでいた雄大はいきなり面接、しかも社長の面接があるのだ、と聞かされてばびった。ばびったけれども無理から肚を決めてこれに臨んだ。

落ちてもよい。落ちてもよいが、自分を紹介した北斗の立場がまずくならないように毅然とした態度をとろう。

雄大はそれだけを考え、スーツを着用して試験に臨んだ。

雄大は、社長直々の面接。ならば社長室に通されるのであろう、と考えていたが、通されたのは、簡素な、白い壁と天井、グレーの絨緞敷きの小会議室のような無人の部屋であった。壁際に、戦略、という文字の痕跡の残るホワイトボードがあり、窓際には鉢植えのパキラがあった。窓からは電波塔や灰色の汚らしいビル群が見えた。

暫くすると社長・吉原好男が手ぶらで入ってきた。毅然とした態度をとろうと誓っていたにもかかわらず、あわわ、と不分明な音声を発し、無様な中腰になった雄大に吉原は、「そのまま、そのまま」と言い、雄大の向かい側に座った。

吉原はジーンズにティーシャーツ、黒いレザーのブーツを履き、黒いジャケットを羽織るという社長らしからぬ姿であった。髪の毛は肩まで伸びた、白いものの混じるさんばら髪、容貌はまだ三十代後半だというのに既にたるみ、その眼差しは死魚の目のようであった。皮膚に油が浮いていた。ジーンズやジャケットはオフィスにほど近い商業ビルのなかにあるセレクトショップで売っているような、雄大などには無縁の、高価なものであるらしかった。しかし、ティーシャーツは外国のロックバンドの名前とされこうべの絵がプリントしてあるくたくたのティーシャーツで、腹が出っ張っていて、されこうべが丸顔になっていた。首に高そうなチェーンが巻いてあり、腰にも高そうなウォレットチェーンがぶら下がっていた。

座るなり吉原は、「で?」と面倒くさそうに言った。雄大は一瞬、どぎまぎしたが、ここで黙っていてはいけない、と思って、「はい。私は、あの、小川雄大です。私は、あの、御社の南野さんの……」と自己紹介を始めたが、吉原はそれを遮り、「うん。そういうことは俺はどうでもいいんだけど、で、どうなんだよ。おまえウチで働きたいのかよ」と言った。その乱暴な口調に雄大は戸惑いを覚えたが、しかし、働きたかったので、間髪を入れずに、「はい。働きたいです」と答えた。

そう答えた雄大を吉原は、疑わしそうな目つきで眺めていたが、ややあって、「じゃあ、働けばいいんじゃないかなあ」と言いながら立ち上がると、そのまま部屋を出ていった。

取り残された雄大は、このまま帰っていいのか、それとも残っていた方がよいのか、それよりなにより自分が入社試験に合格したのか、不合格だったのかもわからず、暫くの間、ぼうとしていたがやがて、スーツ姿の女性が部屋に入ってきて堀埋子と名乗ったうえで様々の説明を始め、それでようやっと自分が合格したと知ったのだった。

帰途、地下鉄に揺られながら雄大は、吉原好男というのは確かに変わった人物だ、と思い、また、ウィヴビーンというのは変わった会社だと思っていた。

二十代の頃より、株式投資で儲け、数百億の資産を築き、その風変わりな私生活も相俟ってマスコミの注目の的となり、一時は時の人のようになっていたが、次第に飽きられ、ここ数年はその名前をほとんど聞かなくなっていた。

資本金十二億の株式会社ウィヴビーンは、そんな吉原が設立した会社で会社案内によると、夢を感じられる事業ならどんな事業でも手掛ける吉原の企業グループのなかの中核的存在、ということらしかった。

雄大は、そんな変わった会社の、変わった社長の下で俺ははたしてやっていけるのだろうか、と考えて前途に不安を覚えた。その不安を振り払うように雄大は、けれども、と、また思った。けれどもいいじゃないか。変わった社長、変わった会社なればこそ自分のような者がうかったのだ。精一杯やって駄目ならそれでいい。とにかく頑張ろう。とにかく俺は正社員になる手がかりをつかんだのだから。

そう考えて雄大は目を閉じ、ただちに眠り込んだのであった。

そんな入社の経緯があるだけに、どんなに調子が悪くても、どんなに嫌なことがあっても、南野の前でだけはちゃんとしていよう。南野の前でだけは明るくしていよう、と雄大は常々、思っていたのだった。

しかし、今朝のような軽微な失態が幾つかあるにはあったが概ねは良好で、ちゃんとする振り、明るくする振りなどまるでする必要がなかった。

っていうかムチャクチャ快調であった。気を抜くとつい口笛を吹いてしまう、みたいないい感じの日々であった。いつも活力に溢れていたし、仕事のことを考えるのが楽しくて楽しくて仕方なかった。仕事中もそれ以外のときも仕事のアイデアが泉のごとくに滾々《こんこん》と湧き、提案するや直ちに採用され、実行されたプランは着実な成果を上げた。

同僚・上司との関係も良好で、同じ会社の社員というよりは、ひとつの目的のためにみなが助け合いつつ、全力で努力している仲間、みたいな感じだった。といっても知的な人ばかりなので妙にべたべたすることはなく、一線を越えてプライベートに立ち入ってくる人もなかった。

嫉妬、猜疑、妨害。そんなものは一切なかった。女子社員は確かに美人ばかりだったが、あまりにも仕事が面白いので、恋愛の対象としてこれをみることはなかった。

つまりなにもかもが激烈にいい感じなのだ。

ただ、ただなんだろう？　ときどき、重く暗い、得体の知れぬ想念が雄大を襲い、雄大に、実にえげつない憂愁・憂悶を齎《もたら》すのであった。

そんな雄大が担当していたのは、いま、来秋モデルの新型送魂機の広告宣伝にまつわる、エギョンくんというキャラクターの私生活における趣味のプランニング方針の策定の検討の準備であった。雄大は自分が新型送魂機に関する仕事をしているというのを誇りに思っていた。なんとなれば送魂機は、先端中の先端、その普及・成熟は人間意識、人間社会を確実に変えるという革命的商品であったからである。

各送魂機会社も各送魂機メーカーもそのことをよく承知しており、各社一斉に一大キャンペーンを展開する来秋が勝負だと考えていた。そのための準備いずれもおさおさ怠りなく、巨費を投じた、奇抜大胆・最新緻密なプランが準備されつつあった。

コンピュータに拡大表示された、キャラクターの腕の黄色いところの継ぎ目を眺めつつ、関連キーワードをひとつずつチェックしていた雄大は、それにつけても、と思った。

それにつけても送魂機というのはなんと考え抜かれたプロダクトであろうか、と思ったのである。

まず、送魂という発想、すなわち魂というものをデジタル化して別の場所に送ってしまう、という発想自体が凄いと思った。そして、いまはまだエンタメ系の受魂基地が中心だが、その気になれば受魂基地を整備することによって、瞑想や悟りということが誰でも簡単にできてしまうようになるのだ。そんなことをやって国家が成り立っていくのだろうか。というか、もっと恐ろしいことに、送受魂技術は本人の同意なしで魂の入れ替えということすら実は理論的にはできてしまうのだ。これこそ窮極の生命倫理の問題だが、もちろん法整備はぜんぜんできていない。

いったいどうなるのだろう。雄大は一瞬、そんなことを思ったが、まあいい。俺は俺の仕事をやるだけだ。そう頭を切り替えて雄大は、関連キーワードの世界に戻っていった。頭が切り替わるその刹那、重く暗い想念が雄大の頭に浮かんだ。


雄大たちのチームはゆっくりとではあるが確実に仕事を進めていた。雄大はエギョンくんが買物に行く際に持つ、エコバッグの図柄についてやその色合・風合についての大まかな方針の策定をするにあたっての中心命題の洗い出しをデザイナーと検討するにあたって必要となるであろうかもしれない資料の洗い出しのための検討の下準備を担当していたが、準備は着々と進んでいた。図柄の歴史。布と民族性。鞄と風呂敷の違い。映画における鞄の扱い。帆布製鞄製造販売業者の相続問題。その他あらゆる鞄についての資料を雄大はインターネットを用いて収集、あえて整理することもしないで、簡単なタイトルの下にURLを貼付けて資料となした。

そんな重要な仕事を担当している雄大ではあったが、なんといっても三下奴《さんしたやっこ》、部署ではもっとも下っ端なので、と同時に先輩たちに雑用を命ぜられることも多かった。その都度、雄大は、そんなことはバイトか派遣がやればよいのであって高い給料を貰っている正社員の俺にそんな仕事をやらせるなんて会社にとって損失ではないか、と思ったが、ウィヴビーンには社長の方針でバイトも派遣もおらず、そういう仕事も正社員がやらなければならず、雄大は、不承不承、自分の仕事の合間、あいさを見計らってそうした雑用をこなすのであった。そんなある日。

「え。まじすか」

という頓狂な声がフロアーに響いた。雄大の声であった。

「まじだよ」

と、青田赤人が低く暗い声で言った。激烈に怒っていた。と、同時に絶望していた。と、同時に困惑していた。と、同時に錯乱していた。

赤人が怒り、絶望し、困惑し、錯乱するのも無理はなかった。超有名企業の超有名広告を手掛け、いまやその名前は欧州や米国や中国、ロシア、マレーシア、インド、ミャンマー、チリ、コスタリカ、ブラジル、セネガル、ケニア、新疆ウイグル自治区まで鳴り響いて、ギャラは超高額、態度は超尊大な、大御所デザイナー、勿来山可行先生のところに、二、三日前には絶対に届いていなければならない資料が届いておらず、その資料が届かないとどうなるかというと、勿来山先生がデザインを考えられないということで、しかし、デザインの締切は本日で、その締切というのも多少、余裕のある締切ではなく、そんな余裕のある締切は既に銀河の向こうへ飛んで行ってしまっていて、ということはどういうことかというと、本日がデッドということで、そのデッドを越えてデザインが来ないということはどういうことかというと、もしできなかった場合、関係者全員（勿来山先生と事務所の人を除く）が切腹して死ななければならないということである。優秀な介錯人がいればそうでもないが、そうでない場合、切腹というものは苦しいもので、そしていまは介錯ができる人なんてそういないから、切腹は間違いなく苦しいもので、首つりじゃ駄目ですか？　といいたいところであるが、デッドの場合は基本的に切腹、さらには七等親まで間抜けの親戚、と罵倒され、七代先の子孫まで悪霊に苦しめられる、というくらいに大変なことなのである。

雄大は、「それだったら来てない、って言ってくれたらいいじゃないですかあ。そしたら僕、もっかい送るのに」と、雄大は不平を洩らしたが、勿来山先生のような偉くて忙しい先生がわざわざ、資料が届いていませんが、なにか手違いがあったのではないですか。お調べになったらいかがですか。なんて親切に言ってくる訳がなく、デッドの当日までトレードマークの鼈甲の眼鏡をかけてふん反りかえっているだけで、そんな雄大の不平に対して赤人が、うんうん、それもそうだ。勿来山先生も悪い。なんつう訳がない。それどころか赤人は咎めるような口調で、「え？　いまなんつった」と言った。

「いや別に言ってくれればいいのにって」

「そうじゃない、その後だよ」

「いや別に言ってくれればもっかい送るのにって」

「おまえ送ったの」

「はい。送りました」

「なにやってんだよ、だめじゃん」

「あそうだったんですか」

と、聞き返した雄大は、血相の変わった赤人の顔を見て自分のやったことが、大変なことだったのだ、と初めて気がついた。

ウィヴビーンで重要な書類については、バイク便も宅配便もゆうパックもエクスパックも使ってはならないことになっていた。みずからこれを持って相手方を訪れ、相手の目を見て直接手渡ししなければならないことになっていたのである。

しかし例えば先方が肥後の熊本に住んでいる場合、もっというとタンザニアのムワンザに住んでいる場合など考えればそうも言っておられず、また、どこからが重要書類なのか、という線引きも曖昧で、そこはまあ現実に即して柔軟な解釈がなされておった訳で、多くの場合、バイク便が利用されていて、赤人に、書類を渡せ、と命じられた雄大も、自ら持っていくのはかつ怠い、と感じ、かつてコンビニエンスストアーで働いていたときに習得したスキルを用い、クロネコヤマトの宅急便という業者にこれを持ち込んで発送してしまおう、と思ったのだけれども、クロネコヤマトだとちょと高いアルネ、と考え、ゆうパックを用いてこれを発送してしまったのである。

しかし、勿来山先生のための資料、といえば重要書類中の重要書類で、ゆうパックで送るなどというのはあり得ない話で、あり得ないことに人間は想像が及ばないから赤人も特になにも指示しなかったのだが、この業界に入って間がない雄大は勿来山先生の名前を知らず、楽勝をかましてしまったのであった。

部局全体が大騒ぎになった。

みなが叫喚し、書類をまき散らし、怒鳴ったり、泣いたりしていた。

そりゃあ、そうだろう、これまで地道に積み上げてきた成果がこれですべてアジャパーなのである。

青田赤人などはがたがた震えていたかとおもったら白目を剝いて痙攣し始め、失禁の挙げ句、悶絶昏倒した。

もっとも錯乱していたのは局長の大野小吉と部長の丸尾角栄であった。

「き、君たちは一体、なんてことをしてくれたんだあ。ジャスパー・ジョーンズの能代弁だよ」

「うわあ、どないしょどないしょどないしょ。やっべーよ、マジ、やっべーよ」

と絶叫しいしい、赤、青、白と、顔面の色合いをロータリー風味に変色させながら部局内を三十周した後、蹌踉とした足取りで役員室に入っていった。

張本人の雄大もみなと同じように、わあわあ騒ぎ、土下座したり、切腹のまねごとをしたり、涙を流すなどしていたが、心のある部分は奇妙に静かであった。

雄大は、それは、あのように騒いではいるが、他の連中も同じであろうと思っていた。夢のなかで窮地に陥り、大変なことになったと思いつつも、でもこれは夢だ、とわかっていてさほど深刻にならない、みたいな感じで安心している、みたいな感じを感じつつ騒いでいるのだと思っていた。

「とりあえず、おまえ、馘首《くび》な」

と、役員室から戻ってきた丸尾部長に言われ、形通り、

「く、馘首すか」

と、言いつつそれでも雄大には、まあ、大丈夫だろう。本当に深刻な大事にはいたらないだろう、という奇妙な自信と落ち着きがあった。

なぜなら入社が決まったとき堀埋子が話の合間にさりげなく言って、それからは二度とそのことに触れなかった、「とにかく弊社は演技会社なので……」という言葉が頭に残っていたからである。

演技会社。すなわち、ウィヴビーンの業務はすべて架空の、実際には存在しないものであるということである。業績があがってみなで盛り上がっていても、失敗して落ち込んでいてもそれはすべて演技・芝居であり、本当に深刻なことにはならない。

好調過ぎる業績。社員の絵に描いたようなエグゼクティヴ、高級社員な感じ。社内に漂う奇妙な楽観性。わかり易過ぎるアクションとリアクション。社長の投げやりな態度。など、演技会社の典型である。

昔は数えるほどしかなかった演技会社も最近は数が増えているらしい。

ならば取引先もみんな演技会社で勿来山可行デザイン事務所も演技会社である可能性が高いし、勿来山先生本人も演技デザイナーなのだろう。ならば今般の失敗で蒙るはずの何百億という損失も架空の数字、ぜんぜん大した問題じゃないんじゃねぇの。

と、そう考えるから雄大は取り乱す演技をしながら落ち着いていられるのであった。

しかし、演技上の実際では雄大は馘首になったのであり、そこで、

「申し訳ありませんでした。馘首だけは、馘首だけは勘弁して下さい」

と言って泣きながら土下座をする演技をしたが、みな口々に、今後のことやいままでのことをわあわあ喚く演技をしていて誰も雄大の演技を見ていなかった。

社員たちはそんな演技をしつつもどこか気楽で、しかし、その気楽さの奥底には、芝居の幕はいつか降りるはずで、こんなことがいつまでも続くはずがないが、そうなったら俺たちの生活はどうなるのだろう。という暗く重い想念が蟠《わだかま》っていて、それを考えるとたまらない気持ちになるので、それを忘れるためにことさらわあわあ騒ぐ演技をするのであった。

かくして雄大は会社を演技上、馘首になった。

雄大は一瞬、演技上の馘首なのだから実際の立場は回復されるのではないか、という希望を抱いたが演技会社を演技上、馘首になるということは実際の馘首なのだ、ということを悟り、のろのろ荷物をまとめ、まるで敗北者のような足取りでオフィスを出ていく演技をし、しかし

馘首になったうえはそんな演技をする必要はないことに気がつき、通常の足取りでオフィスを出ていこうとするのだけれども心のうちに実際の敗北感があって、なかなか通常の足取りで歩けなかった。

そこで雄大は腹いせのため振り返り、

「おまえら一生、そうやって演技してろ。俺は本当の世界に帰る。ざまあみろ、大根役者ども」

と、怒鳴った。

オフィスが一瞬、凍った。しかしすぐに喧噪が戻った。より一層の騒がしさであった。

雄大はもはや振り返らないでオフィスを出ていった。

雄大は、逆によかったかも。と、思った。

こんなことがいつまでも続く訳がない、と怯えながら暮らすより、給料が安くても、生活が惨めでも確かな現実のなかで生きる方が増しかもしれない。

そう考えて雄大はエレベーターを降り、オフィスタワーの外、人工地盤の上に立つ、冗談みたいに高価な値札のついた商品を並べた高級ブティック、高級レストランや高級ホテルの建ち並ぶ、巨大な舞台装置のようなエリアを抜けて坂を下っていった。

坂を下りきると、かつて働いていたコンビニエンスストアーのあるエリアである。

魚屋や八百屋、定食屋やハンバーガーショップが建ち並び、貧しい服装の人々がスーパーマーケットのプラスチックの袋をいくつも持って歩いていた。

実に重く暗い風景であった。

重く暗い気持ち・足取りで雄大は歩き、忽ちにしてその町の風景に溶け込み、そして見えなくなった。

尻の泉

遍くすべてを照らし、すべての動植物に恵みと育みを与える朝の光のなかで髭を剃り、ネクタイを締め、ふと顔をあげると穏やかな微笑を浮かべつつも、その心の奥底に金剛不壊《こんごうふえ》、ぜったいにゆるがない強い心を持った、いかにも頼りがいのありそうな壮年の男が映っていた。だ、だれだ？　おまえは、だれだ？　なんて浅ましくおめき騒ぐなんてことはもちろんしない。なぜなら僕はそれが僕自身であることを完全完璧アブソルトリーに知っているからだ。

しかーし。おめき騒ぐことはもちろんしないけれども、ちょっと驚く、みたいな、意外の観に打たれる、みたいな感じは実は少しあって、なんでそんなものがあるかというと、かつての僕といまの僕との間にあまりにも隔たりがあってとても同一人物とは思えないからである。

かつての僕。あれはいったいなんだったんだろうか。

二十年前の僕。あれはいったいなんだったのだろうか。

そう、あの頃、僕の身体から浄らかな泉が噴出していたのだった。僕はその泉が本当に浄らかで、その泉の水が甘露で、それを飲んだ人はただちに清められることを知っていた。僕は、多くの人に清くなってもらいたかった。多くの人と僕が持っているものをシェアーしたかった。けれども、みんながそれを飲まないであろうことを知っていた。なぜなら僕の場合、それが尻の穴から噴出していたからだ。

尻から出るものは不浄に決まっている。それが世間の一般の認識で、尻から清浄なものが出るとは誰も思っていない。ましてそれを飲むなんてもっての外、そんなことを真顔で言ったら気がおかしい奴と思われて、精神的畸形、変態性欲者と思われて差別され、迫害され、狂死断系することを予め知っていた。だから僕は黙っていた。なにも言わなかった。首を右斜め四十度に傾け、両の手一杯に紙の襁褓《むつき》を抱え、柿の木の下に立ち、道行く人の、「あいつはアホだ」という声と嘲笑を黙って受け入れていたのだ。

そのままいけばそれでよかった。なんの問題もなかった。僕は人々に、世間に、アホと思われながら、尻から清浄な泉を噴出させつつもそれを秘し、静かに老い朽ちていっただろう。ところがそうもいかなかったというのは、世の中、世間の人が清らかな泉を求めていたからだ。

世間はこの世のどこかに必ずや清浄な泉を体から噴出させる人がいて、その人に会って泉の水を飲ませてもらったり浴びさせてもらったりすれば無限の幸福が得られると信じており、常に体から清らかな泉を噴出させる人を探していた。

「私の体からは清らかな水が湧き出ている」

そう主張する人が次々と現れ、その都度、人々はこれを信じ、随喜し、争ってその水を飲み浴び、そして裏切られた。彼らの多くは手妻使いだった。

しかし、人々は落胆することはなかった。なぜなら次の者が間をおかず、立て続けに現れたからだ。そうして、体から清らかな水を出す、と自称する者は次々と現れ、世間は狂熱的にこれを歓迎し、そして直ちに忘れた。

シャブ、ははは。シャブ。そう、シャブみたいなもんだ、酒みたいなもんだ。すぐに決まってそして終わる。けれども無限の幸福のなか、無限の光のなかにいるような気持ちになれるのだから別にいいじゃないか。という判断すら必要ないじゃないか。というので、体から清らかな水を出す者は現れ続け、また、同時に何人も現れ、なかには巨富を築く者もあった。

しかし、世間だってまるっきりの馬鹿ばかりではない。そんなことが続くうち、水を出す者のうちの多く（ホントは全部なんだけど）は贋物だってことが次第に分かってくる。そこで、始まったのが、贋物の告発だ。「あいつは贋物だ」と指弾すると、なぜか自分は贋物ではないような印象を世間に与える。実はそれは世間の側の錯覚に過ぎないのだけれども、その錯覚を利用して自分を本物らしくみせようとする者が増えた。また、清められる側も、自分は本物によって本当に清められている、と思いたいから、他人を清めている者の、おかしい、インチキ、と思われる部分を探し出して指弾し始め、そんなことをするうち、人々は心のうちで、「もしかしたらすべてが贋物で人の体から清浄な水が噴出して人を清めるなんていうことはないのではないか。それは迷信ではないのか。迷妄ではないのか。幻想ではないのか。妄想ではないのか」と思い始めた。

しかし、清めは日々、必要だ。もはや、人々は日々の清めなしに生きていくことはできない。となると、そこが自由主義経済の恐ろしいところで、体から浄らかな水を出す奴を探して売り込めば銭が儲かるんじゃないか、っつう人が必ず出てくる。

補崎毬緒がまさにそれだった。

補崎毬緒。ああ、補崎、毬緒。いまでもその笑顔が目に浮かぶ。あのとき、あの桜散る墓所であいつと会わなければその後、僕はどうなっただろうか。都民農園セコニックとかいうところで美しい鬱病の女とふたり暮らしをして、美しき青きドナウ、を聴きながら煎じ薬を煮詰めただろうか。そして春ともなれば寄る波に桜の散る海岸に出掛け、ふたりで黙って海を眺めただろうか。溜醬油と鮪の刺身を懐に入れて。

「溜醬油、っていうのはやっぱりあれかな。必要なのかな」

桜散る墓所の、中央の道路に、桜の季節、花見客を当て込んで出るヤキトリ屋の屋台に腰掛けた補崎は両手の爪を見ながら、誰に言うともなく、しかし、椅子ふたつを隔てた席に唯一の相客である僕が座っているのを確実絶対サートンリーに意識している感じで言ったのだった。

別に答えなくてもよかった。でも、どういうことなんだろう、多分、一合やそこら大したことあるまい、と思って飲んだ、肉厚のガラスコップに入った清酒の酔いが思いの外、回って口が軽くなっていたのだろう、「そりゃ、必要でしょう」と、つい答えてしまったのだった。

それが補崎毬緒との付き合いの始まりだった。

最初の頃は完全な友達付き合い。と、僕は思いこんでいた。

尻から水が出ている。それが心の屈託となって、他人との距離を縮めることのできない僕にとって補崎は唯一の友達でもあった。

他の人だと言えないようなことも補崎にだと蟠りなく話せた。いろんなところに行き、珍しい文物に触れたり、おいしいものを食べたり、お酒を飲んだりした。

それらの費用は、というと、その頃、僕は女の稼ぎ、それも酒場とか風俗とかで働いているのではない、貿易会社の事務みたいなことをやっている女の稼ぎで食っていたので、とても払えるものではなく、大抵は補崎が払った。

思えば、そのことを疑えばよかった。しかし、当時の僕に、それを疑う能力なく、ああ、いい友達だなあ、友情というのは素晴らしいものだなあ、なんて暢気に思っていたのだった。

高級なレストランなどに行く際、補崎は素晴らしさと如才のなさが同居したような笑顔で、「よかったら彼女も一緒にどうぞ」と何度も誘ったが、女（音通子といった）はなぜか、一目見たときから補崎を毛嫌い、「わたし、なんかあの人、嫌」と言って同席することはなかった。

それをよいことに補崎と僕は男ふたりでしか行けないようなところに行って遊んだ。その代銀も補崎が払った。

そんな交遊の日々が続くうち、補崎はそろそろその本性、そもそも僕に近づいた目的を露にし始めた。でも慎重な補崎はそれを言うことによって僕の警戒心を駆り立てるのを恐れ、あくまでも小出しに、さりげなく、そのことに触れるという配慮を忘れなかった。

最初に補崎がその話をしたのは、初めて会ってから二ヵ月後、二人で大きな公園近くの、午から営業しているヤキトリ屋を目指して歩いているときだった。駅から公園にいたる道の歩道は狭く、しかし、カフェ、家具屋、雑貨屋、ＣＤ屋などが軒を並べ、バス停、デパートメントストアーなどもあるため、人の往来が甚だしくて大変、歩きにくかった。

しかも雨が降っていた。

前から人が来るたびに、傘を斜めにしたり、おもっくそ腕を伸ばして傘を高く掲げ、行き違わなければならなかったし、人々の屯するバス停の前や、デパートメントストアーの前は一段と歩きにくかった。

そしてまた往来は喧しかった。商店が客寄せ、または賑やかしのために音楽を流していて、複数の音楽が響いていた。濡れた路面を走るクルマのタイヤがたてる音、警笛音、雨が傘に当たる音、行き交う人の近い話し声と遠いざわめき、その他の音。

歩きにくいし、喧しいし、濡れるし。そんなことで補崎と僕は黙りがちだった。目的地はまだ遠かった。その遠い道のりを黙って歩くのも陰気くさいものだ。なにか話そう。そう思った僕は、でもこの状況のなかで込み入った、序論があって本論があって結論があるような話はできない。そこはやはり、雨の日は歩きにくいね、とか、鯉って渋いよね、といったような、内容がなさそうでありそうでやはりない、みたいな話しかできない。そこで僕はデパートメントストアーの骨張ったマネキンが赤い銘仙みたいなのを着て股を広げ踏みばって立っているのを見つつ少し考えて言った。

「この近くに江戸時代に開鑿《かいさく》された上水が確かありましたよね」

「ええ？　なに？」

「この近くに上水がありましたよね」

大きめの声で言うと補崎は驚いたような顔をして一瞬立ち止まり、それから慌てたような早口で、「ああ、そういえばあったね」と言って、それ以上、なにも言わないで早足で歩き始めたのだった。

そして目当てのヤキトリ屋に着き、ビールを飲みヤキトリを食べながら愚劣な話をし、どこか別の店に行ってもう少し話そう、という段になって補崎は、店員から手渡された受け取りと釣り銭を財布にしまいながら、さりげない調子で、「ところで上水に興味あるんですか」と聞いた。そのとき僕はもう来るときに自分から上水の話をしたことを完全に忘れていたので、「ああ、まあ、一応」とだけ答え、補崎もそれ以上、なにも聞かないで二軒目に行ってふたりして泥酔、最後は胸の大きいマダムが一人でやっている店にいって、もはや乱酔みたいなことになっていた補崎はカウンターを乗りこえ、そのマダムの胸を揉みしだき、首っ玉にキスをするなどし、僕はそれをみて馬鹿のように笑い、とめることもしなかった。

すべては後で分かったことだった。僕はあのとき上水といったのだ。ところが補崎はそれを浄水、すなわち、清らかな水、と聞いていたのだった。あの日以降、補崎は少しずつ清らかな水の話をするようになり、日が経つにつれ、その話題が増えていき、秋口には補崎と会っている間はずっとその話をするようになっていた。

「ぜんたい、人体から噴出する清らかな水なんてものが本当にあるのかね」

その話になると補崎はそんな口のきき方をした。

「まあ、あると思えばあるんでしょうし、ないっつえばないんじゃないですか」

その話になると僕はそんな口のきき方をした。

概ね、補崎の方が熱心に話し、僕はどちらかというと聞き役に回ることが多かったように思う。

しかーし。僕はその話に不熱心であった訳ではない。いい年をして、或いは、まだ老年というには早いのに大人用の襁褓をつけ、人知れず尻から清浄な水を垂れ流している僕が、いかにその話に不熱心であり得ようか。僕は語りたかった。自分の尻から出ているものについて。それが人に与える影響について。朝まで、そして夜まで、その次の朝まで。

けれども僕は禁欲した。なぜならそれが尻の穴から出てるから。そんなことを話したら世間から排撃・排攘され、ブラック・サバスの楽曲の鳴り響く孤独と絶望の谷底で苦しみ抜いた挙げ句に悶死する、という考えは変わっておらなかったからだ。

そしてまた、補崎という、友人を失うのも恐ろしかった。そう、その時点で補崎は僕の大切な友人だったのだ。尻から清らかな泉が出ている、なんて告白をしたら補崎はもう僕とこれまでのように付き合って呉れなくなるだろう。絶対に言うまい。僕はそう決意していた。

けれどもそのことが僕を苦しめてもいた。

普通の人よりよほど清らかな水に興味がある様子で無邪気かつ真剣にその話をする補崎（いま考えれば当然の話だ）に、自分のことを隠して、「うん。そういうこともあるんだね」などと適当な相槌をうっているのが後ろめたくて仕方なかったのだ。

その後ろめたさに耐えきれず十二月のある夜、僕は酔った頭で、たとえそれが原因で補崎と決別することになったとしてもそれはそれで構わない。友人を騙し続ける方がよほど辛い。そう考えて、女の子ふたりだけを使ってオーナーシェフがひとりで切り盛りするフランス料理店（補崎は次第にそういう洒落た店に僕を連れて行くようになっていた）で、ついにこれまで誰にも、音通子にも話したことがない僕自身の大秘密を話してしまったのである。

その日は大酔して後半のことはよく覚えていない。日本語の通じない女たちが上半身裸で踊る、真っ暗で喧しい店でわあわあ泣いてなに人かわからぬ女に求婚したことや補崎が麻薬のようなものを吸って上機嫌だったことをきれぎれに覚えているばかりだ。

そして翌日、宿酔に痛む頭で補崎からのメールを読んで慄然とした。

昨日はありがとう。たのしかったよ。今度、君の泉のこと、ゆっくりと聞かせてください。

Hosaki.

補崎は覚えていたのだ。


僕の部屋は狭いから補崎の部屋に行った。一人暮らしには随分と広い都心のアパートで置いてある調度品も趣味のよいものばかりだった。リラックスした服装の補崎は飲物をすすめ、そして、「最初から分かってたよ」と言った。

「どういうこと?」

「おまえの体から水が出てるってことだよ。俺にはわかるんだよ。わかってたんだよ」

そう言って補崎は微笑んだ。僕は、こいつなら、と思った。

こいつならそれが尻から出たものだとしても清浄な泉だとわかってくれるんじゃないか。そしてそれを飲み、それを浴び、真に清められた人間として人類が輝く無限の幸福にいたるための案内人となることができるんじゃないか。いや、そんな難しいことじゃなくて、僕という人間を認め、その価値をシェアーしてくれるんじゃないか。

そんなことを希望的に思って、しかし、大きな不安もまた同時に感じざるをえない僕に補崎は言った。

「これまでふざけてばかりいたけど本当のことを言おう。俺はいまの清めブームはやばい、と思ってるんだ。このままいくとニッポンは大変なことになるとすら思ってる。だから俺は本当に浄らかな水を出せる奴をずっと探してた。本当のことを言おうか？　言うよ。俺はねぇ、最初からわかってたんだよ。なにを？　はははは。HAHAHAHA。おまえの体から水が出てるってことに決まってんじゃゃん。シャンパン、もう一杯どう？　まままままま。俺ねぇ、告白するよ。おまえが告白したんだから俺も告白するよ。おまえの体から水が出てることは最初から分かってたよ。なんで？　はははははは。WAhaha。わかるよ。第一、君の尻のあたり、パンパース穿いてるだろ？　ぶくぶくじゃないか。それよりなにより、顔みてりゃわかるよ。君のその憂愁、憂悶。体から水が出てる人間、神から選ばれてある不安と恍惚の最中にいる人間特有の顔だよ。あのねぇ、俺はおまえのような奴をずっと探してたんだよ。なんで？　うひょひょ。WUhyohyohyo。決まってるじゃないか。この穢れた世の中を清めるためだよ。っていうか、この穢れた世で苦しんでいる衆生を清め救うためだよ。っていうか、俺だよ、この穢れきった俺自身がおまえによって清められたいんだよ。救われたいんだよ」

「ほ、補崎君……」

熱涙が頬を伝って膝に置いた手の甲に垂れ、さらに溢れて床がべしゃべしゃになった。

男が男の部屋で俯せになったうえ、青デニムをずらし、猿股も脱いで、天井に白き尻を晒した。

ゲイなれば兎も角、普通ありえない恥ずかしい姿である。しかし、なんの恥じることがあろう。僕らの間には、まことの友誼、熱誠があるのだ。僕はもう、ぜぇーんぜぇん、なんにも恥ずかしいことはない。

シャアアアアー。

ただ、尻から清らかな泉の噴出する音が響いていた。

僕は感動で口がきけないでいた。この瞬間、やっと、やっと本当の僕を理解してくれる人が現れたんだ。ともに生き、ともに生を頒かちあえる人が現れたんだ。

そして補崎もなにも言わなかった。

こいつもそうなんだ。感動してるんだ。俯せになったまま僕は感泣していた。

四十五秒くらいそうしていた。と思う。突如として、「ばっ」という声が聴こえ、それから二秒後に、

「ばはははははははは」

という獣の咆哮のような声、それに続いて、

「ひいいいいいいっ」

という悲鳴が聞こえた。

何事ならん。あまりの感動に補崎は発狂してしまったのか。そう思い、尻から清らかな泉を噴出させつつ、補崎を見遣った。

補崎は笑っていた。爆笑していた。補崎は笑いに床を転げ回り、腹を押さえつつ言った。

「ばはははははは、ば、馬鹿じゃん。真面目な顔して、尻から、ばははははは、尻から水垂れ流して……、ひいいいっ、腹が、腹が苦しい……、ひいいいいいいいいっ」

シャアアアアー。急に止められない泉が噴出し続け、補崎に、そして僕に降り注いだ。

怒ることができなかった。ただただ無限に悲しかった。そんな僕になにをすることができただろうか。なにもできない。僕は、補崎に同調して笑った。

「ばはははははは。そうだよ。すべては冗談だったんだよ。どうだい？　とっても、とっても気のきいた冗談だろ。冗談だっただろ」

泉と涙。僕は、僕らはびしょ濡れだった。いったい僕らは清められただろうか。

後は一瀉千里だった。冗談を仮装して致命的なダメージが魂に及ぶのを回避しようとした僕にその身分、すなわち、真に身体から清らかな水を噴出する者を発掘、これをマスメディアに売り込む、という身分を明かした補崎は、その本来の目的には合致しないものの、人々にとって切実な泉を尻から噴出させる、という滑稽な僕を笑い芸人として売り出そうとした。

その企画を聞かされた僕は、それを受諾した。なぜなら、その滑稽な感じこそが僕の存在そのものだ、と悲しく確信したからだ。もっとも信頼した友人ですら真実の僕を理解しなかった。というか、そいつ、友人じゃなかった。ならばいっそのこと、自分の立場をひりひりと自分自身に理解させるために、進んで笑い者になるしかないじゃないか。そうでもしないと自分が可哀想すぎる。っていうか、そうしても可哀想に変わりはないのだが。

「笑神への供物」という番組に出演した僕は忽ち人気の笑い芸人となった。俯せになって生白い尻を剥き出しにし、清らかな泉を噴出させる僕は国中の笑い者となった。

それと引き換えに得たもの。些かの、人並みより少しマシな生活をするに足る収入。失ったもの。僕自身。

女には不自由しなかった。テレビ番組に出演している。それだけで大抵の女が僕に身を任せた。放埒無惨な日々のなか、音通子とは別れた。じゃあな。じゃあね。まとまったカネを渡して、ごく、あっさりした別れだった。高級ホテルの一室で女に請われるまま、尻から泉を噴出させることもあった。ふーん。女はそう言い、笑いもしないで泉を見ていた。

国中の人が僕の尻から泉が出ることを知っていた。そして、その泉の貧しさ、悲しさを笑った。その泉が本当に人を清めることができる泉だということを誰一人として知らなかった。僕はもの凄く価値のある泉をまったく無意味に垂れ流していた。僕は本当は価値ある泉を贋の泉ですよ、とへらへら偽装して身の安全を図ったのだ。本番中、僕は俯せになって密かに泣いた。

「あ、こいつ。泣いとおる」

司会の笑い芸人がそれを指摘し、そのことがさらに笑いの種となった。収入が増えた。

「兄ちゃん、速いのあんで」

苦しい日々が続くなか、歩いていて急に腹が痛くなって立ち寄った公園のトイレで囁かれ、好奇心で試した覚醒剤にずくずくにはまった。生活はいよいよ出鱈目だった。尻をいつも丸出しにしているからだろうか、割と抵抗感なく、公園のトイレでゲイの人たちと親密な関係を結ぶようになった。公園の植え込みとかでずくずくなことをしていると、これだ、これこそ、自分にふさわしい行為だ、と思えた。そんな最中にも泉は噴出し、相手の方は、「おおっおおっ」と恍惚の叫び声をあげた。僕はこの人を汚辱のなかで清めているんだ。でもその汚辱は僕の齎した汚辱でプラマイゼロだよ、ってそんなことを思っていたら、植え込みに閃光が光った。

そして翌週。週刊誌が一斉に僕のことを報じ、公園での聞込み捜査から覚醒剤を常用しているという疑いも持たれ、ある日、自宅で練習がてら泉を噴出させていると警察の方が来て家宅捜索をされて覚醒剤を所持しているのがみつかり、僕は業界から完全に追放された。桜が散っていた。

保釈金を支払ったら手元に残った金は僅かで、また、魚の目治療薬のテレビコマーシャルを収録した直後の事件だったので各方面から民事訴訟も起こされ、弁護士費用とかもあって、覚醒剤を買うのにも一苦労だった。襁褓代を節約したため、僕の尻はいつもずくずくで、電車などで座席に座ると小便をちびっていると誤解され嫌がられるため、どんなに空いていても席に座れなかった。

これは小便ではない。清浄な泉なんだよ。そういったところでもはや遅かった。僕は偽ったのだ。自分自身の価値を偽って収入を得てしまったのだ。いまさらこれを清浄という資格は僕にはない。僕は、小便垂れですんません、という顔をして小股で道の端っこを歩いた。

シャブ中のホモの無職の小便垂れ。これが僕だった。

そんななか出会ったのが、越世さんだった。気高い女性だった。どん底の僕を心から愛してくれた。越世さんは僕の家の近くの情けない商店街の中程にあるみすぼらしいカフェのウェイトレスだった。

僕はテラス席に座るのが常だった。なぜならいくら尻を窄めていても尻から水が垂れるため、室内の席を汚したと思われてトラブルになるのを未然に避けるためだった。季節のよい頃はテラスに他の客の姿もあったが、酷暑酷寒の季節、テラス席に座るのは僕一人だった。

そんな僕に、「そこじゃ寒いのでなかに入ったらどうですか」と言ってくれたのが越世さんだった。嬉しかった、というより驚いた。こんな僕に親切にしてくれる女性がこの世にいたのが驚きだったのだ。

その頃の僕は、道を歩いているだけで人がさっと避けるくらい異様な風体をしていた。黒いレギンスにサンダル履き、デニムのマイクロミニを穿いて、なかに靴下を詰めたブラジャーをしてゲバラのティーシャーツを着た上に彪柄の人工毛皮外套を羽織っていた。ほぼすべてがゴミ捨て場で拾ってきたものだった。ときどき公園で酔漢や土工のチンポを吸って金銭を得ていたが、ときどき殴られるので顔のそここが赤紫色に変色し、ところどころはどす黒く、鼻も少し曲がっていた。気絶中に髪の毛をじゃくじゃくに切られ、右半分が不揃いな長髪、左半分が虎刈りの坊主、という奇態きわまりないヘアースタイルだった。飯をあまり食べず痩せこけて汗みずくで目ばかりぐるぐるしてシャブ中丸出しだった。

だからどんな店に入っても店員は緊張したぎこちない口調だったし、入店を断られることもしばしばだった。それを越世さんはごく自然な分け隔てない態度で話しかけてくれたのだ。そんな彼女に迷惑をかける訳にはいかない。「ありがとう。でも僕はここがいいんです」そう言うと越世さんはなかから膝掛けを持ってきてくれた。

それからそのカフェに行くと必ず越世さんと二言三言、言葉を交わすようになった。

越世さんは、大学を卒業後、一般企業に就職、二年余り勤めたが、職場で理不尽なことがあり、退職後、いまの店でアルバイトをしていた。優しく可愛らしい女性であった。

初めのうち、宗教？　とか思ったりもしたが、そうでもないらしかった。

もし、もし越世さんと付き合うことができたら。一緒に暮らすことができたら。

いつしか僕はそんなことを夢想するようになった。

僕は公園に行くのをやめて覚醒剤とも縁を切り、清潔な服装で……、でどうするのか。清潔な服装で公園に行ったりする、って、ははは、また、公園か。って、違う、ああした夜の汚辱の公園じゃなくて、昼の、白昼の、犬を連れて散歩したり花の絵を描いたりキャッチボールをしている人がいるような休日の公園の芝生の広場でバスケットを広げなかからサンドウィッチと小壜に入った三鞭酒とグラスを取り出してこれをふたりで……、ははは、あんなこと言ってるわ。無理だよ、無理だわ。無理に決まってるわよ。くすくすくすくす。うるさい馬鹿にするな。あぎゃあああああ、って叫んだら少し楽になる。少しマシになる、あぎゃあああああ、あぎゃあああああ、あぎゃあああ、と三度叫んで汗まみれ、ひっきりなしのおしゃべりは続くわ、執拗に付け狙って来る奴はいるわ、道の外で人の名前を何度も何度も呼ぶので行くといなくなっていて今度は屋上の方から笑い声、そうすると自分が宇宙のどのポイントにいるのかが、まったくわからなくなって、どこにも繋がらない、どこにも実体のない、ぐにゃぐにゃしたものになったような気がして、嘔吐を繰り返した。恐ろしさで頭が痺れたようになって、周囲の音が鉛管のような直線的な丸い棒になって耳から脳に入り、脳を損傷して一秒以上ものを考えられなくなった。半狂乱どころではない。全狂乱だった。

そんな頭のなかに暴風雨が吹き荒れているような日々の最中、ふと真空のように静かな瞬間が訪れることがあった。そんなとき、僕はさめざめと泣いた。なんでこんなことになってしまったのか。あのとき、補崎毬緒と出会っていなかったら。というか、尻から清らかな泉さえ噴き出していなかったら。僕は越世さんと婚姻して幸福な家庭を営むことができたかも知れない。なのに僕はこんなに穢れてしまった。ああ、もう一度、もう一度、チャンスが欲しい。むかしのような清らかな体に戻ってやり直したい。

ははは。無理だよ。馬鹿じゃないの。馬鹿だよ。死ねばいいのよ。

ああ、まただ。また始まった。そう、思った瞬間、ある考えが天啓のごとくに閃いた。

そうだ。そうだった。僕って奴は、なんて迂闊なガイなんだ。

僕が尻から出しているものは一体なんなんだ？　ははは。浄らかな泉じゃないか。その泉は人を清めることができるんじゃないか。ならば僕自身を清めることだって理論的には十分可能なはず。ははは、あははは。なんて、なんてこったい、ジョニー。誰やねん、ジョニーって。と、ひとりでそんな茶利を言うくらいに愉快な気分だった。こんな気分になったのは久しぶりだ。この気分が持続するよう少しばかり注射をしておこう。そのうえで清めをしよう。なに、いくら注射をしたって大丈夫だ。僕は僕自身によって清まることができる。俗にいう、自浄能力、というやつだ。

そう考えて注射を少しばかりし、いよいよ清めを行おうとしたところ、突然、頭のなかに声が響いた。初めて聞く声で、これまで聞こえていた声とは別の声だった。

声は言った。

「この場に越世さんがいなければなりません」

そうだ。越世さんだ。越世さんを連れてこなくてはならない。僕はそのまま表に出た。夕焼けがもの凄くてなにもかもが赤く、血まみれの世界のようで恐ろしく、どっと汗が出た。臭い、厭な汗。でも、越世さん。

情けない商店街のみすぼらしいカフェの近くまで行くと、仕事を終え、安そうな私服に着替えた越世さんが店から出てくるのが見えた。暫く後をつけ、商店街を抜け、暗渠の上が遊歩道のようになっているところで声を掛けた。

「あの、ちょっとすみません」

「えっ」

と、振り返った越世さんは、明らかに警戒し、そして緊張していたが、声を掛けたのが僕とわかると、緊張を解いて、「あ、こんにちは」と明るい声で言った。それに力を得て、僕は言った。

「あの、すみません。ちょっと見てもらいたいものがあるんですが」

「えっ。なになに。なにを見るんですか」

「ええ。ちょっと口では説明しにくいんですけど、ちゃんとしたものです。見てもらえればすぐにわかるんです。ああ、こういうことかって」

そう言うと、越世さんが訝しげな顔をした。慌てて言った。

「あの、もちろん、変なものではありませんし、ふざけたものでもありません。それは、僕がずっと持っていたもので、でも僕はそれを人に見られたら破滅すると思ってずっとそれを隠してたんです。人に見せたことないんです。っていうか、それが嘘だ、インチキだ、という前提で多くの人に見せたことはあります。そうすることによって、それが真実だ、とは誰も思わなくなると思ったからです。煙幕を張った訳です。韜晦をしたわけです。でも、そんなことをしたために僕はすっかり穢れてしまいました。頭が変になりそうになりました。でもわかったんです。それは僕を破滅させるものなんかじゃなくて、僕にとって、そしてみんなにとって、とっても大切なものだってことがわかったんです。そして僕はある人からそれを越世さんに見てもらえ、と言われたんです。そして自分でも見てもらいたいと思いました。大切なもの、と、真に心の底から大切なものと思って最初に見てもらうのはやはり越世さんだと思ったんです」

慌てて言ったのでわかりにくい説明になったが、嘘偽りのない正直な気持ちを語ったつもりだった。ところが、越世さんはいよいよ表情を固くして、

「あのすみません。私、急ぎますので」

と言って小走りみたいな感じで歩き出して、茫然としてこれを見送っていると、

「なにをしているんですか。早くしなさい」

という怒声が頭蓋のうちに響いた。

「すみませんすみません」

半泣きで謝って内ポケットをまさぐり、最近、前から来た人が突然、真っ赤な口を開け怒声を発しつつ襲いかかってくるといったことが多く、恐ろしくてたまらないので、常に持ち歩いている小ぶりのサバイバルナイフの柄を握りしめた。

「声を出さないでください。声を出したらその瞬間、刺します」

追いついて右腰にナイフの先端を押し当て、耳元で囁いた。

「……なんで？」

掠れた声でやっとそう言った越世さんに、「黙って歩いてください」と言った。

すれ違う人がないまま、児童公園のトイレに入った。車椅子で入れるタイプの広いトイレに入って鍵をかけ、越世さんのハンカチを口に押しこみ、越世さんが巻いていたマフラーで両手を後ろ手に縛り、僕の上着で両足を縛った。

コンクリートの床に転がってぐったりしている越世さんに、「乱暴なことをしてすみません。こうするより他なかったんです。でも安心してください。酷いことは絶対にしません。危害を加えることはありません。ただ、見ていてくれればいいのです。でも、不安ですよね。説明します。実は僕は体から浄らかな水を出して人間を清めることができる人なんです。もちろん、そんなことを言う人はほとんどがインチキです。インチキか狂人です。でも、僕は違うんです。さっきも言いましたけど、僕はそのことをずっと隠していましたし、実際に人を清めたこともありません。なぜ隠していたかと言うと、それを見た人は、それが滑稽なものだ、とか、それが汚らしいふざけたものだ、と誤解する可能性が高いと思ったからです。僕はそれを恐れてた。本当に怖かった。けれども、僕はその能力の価値と使い道を初めて知ったんです。勇気を振り絞ってそれを使っていくべきだということがやっとわかったんです。恥ずかしさを乗りこえて見てもらわなければならない、とわかったんです。そのために僕は僕自身をまず清めます。それでは始めますのでよく見ていてください。すみません。すぐ終わりますんで」そう説明して僕はズボンを脱ぎ、そして襁褓も脱ぎ、コンクリートの床に俯せになった。越世さんと目が合うと照れくさいので、組んだ腕の上に額を載せた。コンクリートの匂いがした。コンクリートは湿っているようでもあり乾いているようでもあった。

「ではいきます」

そう断って僕は肛門を弛緩させた。

三秒後。そしてトイレに響いたのは、あれえ？　という頓狂な僕の声だった。

泉がちっとも噴出しないのだ。どういうことだろうか。この肝心なときになぜ噴出しないのか。僕は焦って、尻に力を込めた。ところが、すここここん、それでも泉は噴出しない。なぜだ。なぜ出ないのだ。そんな馬鹿なことがあるか。この泉のために僕は、ずっと苦しみ抜き、ついには廃人同様の有り様と成り果てた。その泉が真に必要となったこの瞬間、出ないなんて、いったいどうなっているのか。僕は、泉よ。浄らなる泉よ、出よ。いまこそ、出よ。と心に念じ、さらに尻に力を込めた。

その挙げ句に出たものは泉ではなく汚らしい糞便だった。

これにいたって初めて、僕は僕の泉が枯れてしまったことを悟った。

なんという皮肉だろうか。

それを必要としていない、むしろ邪魔だと思っていたときには滾々と湧き出てやまなかった泉が、いまこそ必要となったその折りには枯れ果ててもう出ない。いったい僕はいままで何千石、何万石の無駄な水を垂れ流していたのだろうか。そのなかの一升、いやせめて五合の水が残っていれば僕は越世さんの目の前で奇麗な、本然の僕に立ち戻ることができたのに。それすらできないで、僕は最愛の人に暴力をふるい、その人に恥ずかしい姿を晒し、汚らしい糞便を垂れ流している。はっ。ははははっ。Hahahaha。これで僕はいよいよ完全完璧アブソルトリー、シャブ中の変態の犯罪者だ。はははははっ。Hahahaha。なんてざまだ。なんて愚かなベイビーだ。とんだ座布団十枚だ。はははは。Hahahahahahahaha。

笑いながらコンクリートの床に額をがんがん打ち付けた。額が割れて鮮血が迸った。その瞬間、口に押し込んだハンカチがとれた越世さんの救助を求める声が響いた。僕はその声によって駆けつけた人に僕もまた救助されたい、と思った。涙がどっと溢れた。僕は誰もが、補崎も音通子も越世さんも、予め合格しているはずの、人間の試験に不合格なのだ、と思った。

裁判では責任能力がないと判断された。簡単に言うとまともな人間ではない、ということだ。

まともでない人間はまともな人間と同じ責任を負う必要がないということだ。ははははは。僕は責任を負うことを熱望して、むしろ死刑とかにして欲しかったのだけれども、それも叶わなかった。

けれどもいまはつくづく死刑にならなくてよかったと思う。あのままの僕で終わっていたらいまの僕はなかった訳だから。

そう僕は地獄から生還した。人間の世界に戻ってきた。

なぜ僕は帰ってくることができたのだろうか。真の理由は神のみぞ知る、といったところだろうが僕自身はいろんな人との素晴らしい出会いがそれを可能にしたのだと思っている。

ああ。目を閉じるといろんな人の顔が浮かぶ。一部はもはや懐かしい顔だ。世話になりっぱなしでろくにお礼も言えないままそれきり会わない人もいるが元気にしているだろうか。

なかでも拘置所で知り合った売人のハッチャンの一言は決定的だった。強面で背中に白菜が空を飛んでいる入れ墨があって、ぱっと見、おかしい感じの人なんだけど本当にいい人で、この人は途轍もない真実を僕に教えてくれた。

「そもそもなんでこんなところに来ることになったんだ」

怒ったように問うハッチャンに、結局、自分の場合は尻から泉が出ていたことが原因、と言うと、ハッチャンは、「なにを言っとんだ、おまえは」と呆れたように言い、そして続けて言ったのだった。

「尻から泉なんて、おまえ、誰でも出とるわ。俺だって出とったわ」

衝撃的な話で俄かには信じられず、「ほんとですか」と問う僕にハッチャンはこともなげに、

「当たり前だわね。みんな黙っとるだけで、誰でも出とるよ。思春期は特に出とる」

と言い、同房で所持の皆川さんも、詐欺で所持のゼブラ君も、自分たちも出ていた、と言った。

僕だけではなかったのだ。どの人も多かれ少なかれ尻から泉が出ている。そしていつしかやむ。僕はたまたま少しばかり量が多かっただけの話だったのだ。ではなぜそれが手や膝から出ないで尻から出るのか。それは僕たちがひとしく凡庸な存在だからだ。その水がいくら浄くても人は尻から出る水では清められない。つまりそれは尊いものではない。ありふれたただの水で下水に流してしまえばそれで済むものなのだ。

僕が笑い芸人として受け入れられたのは、その誰もが持っていて、でも人前ではけっしてあからさまに語らぬものを、ことさら大仰に、尊いものとして提示する、その姿が滑稽だったからで、つまり僕自身から言えば、僕はそれで真実を秘匿しているつもりだったから、二重三重に滑稽だったということになる。

僕は選ばれた存在ではなく、多くの人と同じ、ありふれた存在だった。

それがわかったとき、僕の心を覆っていた鎧のようなものがとれ、僕は僕以外のすべてと和睦、徐々にではあるが、なんの蟠りも屈託もなく、人と話したりアルバイトをしたりできるよ

うになったのだ。部屋に花を飾ったりできるようになったのだ。簡単に言うと、生きるのがグンと楽になった。

それからはやることなすことうまくいく。外に出て拘置所仲間と一緒に始めたデートクラブは儲かったし、直前に偶然得た情報のお蔭で摘発を免れ、儲けを山分けしてバイバイ、仲間は業態を変えるにとどまり、なおも性風俗店を経営したが、僕は心機一転、ヤバいビジネスとはおさらばして、ビルメンテナンス、清掃サービスの会社を買収して経営した。利益は年々増えて、その他の分野のビジネスにも手を広げ、あれから二十年経ったいま絶対に揺るがない金剛不壊の心を持つ、素晴らしい経営者となっている。

実際の話、頭には滾々と泉が湧くがごとくにビジネスのアイデアが湧く。詳しく言うと他人に先を越されるから言わないけれども、折角なので仄めかす程度のことを言うと、例えば、ものすごく客を集めているシリーズ物の映画のタイトルについて考えることで人権という概念が途轍もない利潤を生むということや、家庭から排出される剪定ゴミを用いて格差解消を図るといったようなこととか、そうした絶対に儲かること。この素晴らしい明晰明快クリアーな頭がかつてシャブによって狂っていたなんて嘘のようだ。

そうしてカネが儲かるから適当に人生は楽しんでいる。人間として生きることを楽しんでいる。後ろめたいことなんて少しもない。そのことを後ろめたいと思わない。

いま僕の周りをみると同世代でもそれができないで苦しんでいる人が結構いる。昨日も友人が自殺のような死に方をした。悲惨なことだと思う。同じ人間と生まれてなぜ僕にはできて彼にはできなかったのか、と思う。

答えはひとつだ。それは若い頃、うんと苦しんだ挙げ句いまにいたった僕はそれも含めてすべてを認めることができるからだと思う。僕のビジネスの成功の秘訣もそれだ。正しいことも間違ったこともすべて認める。到底、同居できないものの同居を認める。ふたつのものを足して混ぜ合わせ、ずくずくになったものを汚らしいと思わない。汚らしすぎる場合はそこに少し清いものを足す。

そんな意味でいまも泉を求める人は多い。僕もその一人だ。でも自分でその泉を出したいとは思わない。コンビニで売っているので充分だ。実はそれは僕の会社が製造・販売している泉だ。

僕は再試験にうかった。うかってよかった。ほんとうによかった。

そう思いつつ、念じつつ、胸の上から内ポケットに香奠袋《こうでん》が入っているのを確認し、「よしっ」と呟いて、もう一度、鏡を見て黒いネクタイの結び目を確認した。

朝の光の中にやはり素晴らしい成功したガイがいた。僕だった。

僕は、「つくづく素晴らしいガイだな」と言い、そのガイに向かって、

「ホント、おまえはよく頑張ったよ。よくあの状態から再試験に合格したよ。えらいよ。じょーずぅー」と褒め言葉を投げかけた。

そのとき、突如として、ぇひゃひゃひゃひゃひゃ。Ehyahyahyahya。と、奇妙な笑いが、こみあげてきて、直後、二十年ぶりのあの声が聴こえた。声は言った。

「本当の再試験はこれからです」

「あい」

僕は返事をし、ネクタイを外してドアノブに引きかけた。尻がまた濡れていた。

末摘花

春はいろんなものが朧で、生きるということの根源にあるぐにゃぐにゃしたものが、そこいら中に噴出していて、美しいと言えば美しいが醜いと言えば醜くて、それを、ただ単に人々が美しいと言って賛嘆している、或いは、実は美しいとはまったく感じていないのだけれども人が美しいと言っているから真似をして言葉のうえだけで美しいと言っている人があって、そんな人をみるにつけ、おかしいような心持ちがする。

その心持ちは誰にも説明できない。してもわからない。だから歌にもしない。歌というものはわからない気持ちをわかるようにするものではない。わかりきった気持ちをこそ歌にするからそれが歌になるのだ。そんな簡単なこともわからないで、人にわからない気持ちを歌にしようとして苦心惨憺している人をみるにつけなんだかおかしいような心持ちがする。自分の気持ちや自分というものが朧になって春の朧に溶融していくようなそんな心持ちがする。馬鹿馬鹿しいことだ。

と、感じてしまう鋭敏な感覚を持つ自分なので、歌など、瞬間的に千くらいは思いついてしまう。人の心も自分の心も物の心もすぐにわかってしまうからだ。そしていま言ったようにわかってしまったことは歌になるし、また、心の動きというのは無慈悲で、その心が動くままにしておくのは切なすぎ、歌でも作らないとやりきれない。歌の形にして自分のなかから取り除かないと生きていかれない。

だから、「おたくはなんぼうでも歌ができて、それがみな素晴らしい歌なのですから素晴らしいですなあ」と、素晴らしいを連発して羨む人があるが、いみじきひがごとである。頭に浮かぶのが百やそこらで、そのなかに秀歌が二、三首ある程度ならそれもよいかも知れないが、一時に千も浮かんでそれがみな千年後の世にまで伝わるような名歌であるというのは困難以外の何物でもない。

それが歌だけであればよいのだけれども、感覚が鋭敏なのは歌以外のことについてもそうなのだから苦しい。

もっとも受け付けられないのが、心づくし、というやつだ。もちろん自分とて、それが善意から発せられたものであるのはわかっている。もちろん私のような身分のものが行くのだから善意だけではなく、かるがるしくは扱えない、と先方で思って手厚いことをする場合も多いが、それだと、というか、それはそれでこちらからみれば気になるところはいろいろあるのだけれども、でもまあ、その場をしのぐことができる。けれども、本当に善意から発せられたものに落ち度、例えば、磨きあげたはずの器に一点の曇りがある、といったこととか、それに類すること、そんなことは無数にあるのだけれども、があると、それを私に発見されたことをわからないで、自分は美々しいことをしているのだ、相手に満足してもらっているのだと思って、というと違う、信じて、まめまめしく働いている、その家の者の姿が切ないものに思えて、いやな、穢らしいような気持ちになってしまう。自分まで穢くなったような気持ちになってしまう。ベニバナアブラ一升を一気飲みした後の胸焼け、いつまでも残る指先のベトツキ、スティッキーフィンガーズ、みたいな気持ちになって早々に退出、お互いに気まずい関係になってしまう。

なぜそんなことになるのか。それは私の感覚が鋭敏すぎるからいけないのか。そんなことはないと思う。なぜなら、この世には真の美というものがあるからだ。私はそれを何度かみたことがある。つまり、私が偏狭で依怙地で、一種病的の変態心理の持ち主であるから一般的な美に醜悪を見いだすのではなくして、一般的な美、一般的に美とされているものが真の美ではないからである。アル中がホッキ貝を焼いている。

ということは、これは話の流れとしては当然のことだけれども、ご婦人、お女中、女というものについても言える話で、だめっすわ、という感じ、感覚がある。というのは、まあ、私のようなものが、手紙を出すなりなんなりすれば、ただでさえそう無下にもできぬうえ、私の容貌は光そのもので、歌はそんな調子だし、楽器なども超絶技巧で、舞も渋いので、たいていの女は、火の玉になってぶっ飛んできて、もちろん、火の玉になってぶっ飛んでくる女の姿が美であろうはずもなく、浅ましいばかりで引いてしまう。

もちろんなかには火の玉になってぶっ飛んでこない女もあって、しかし、それも真実の愛をその心のうちに宿しているからではなく、ただ、なんとなく意地を張っているだけと言うか、自分は、ああいう人から一行かそこらの手紙をもらったからといって、すぐに靡くものではない、などと無根拠に偉ぶっているだけで、それが証拠に、その後の動静を観察していると、なんということはない、そこいらのいきった兄ちゃんとデキ婚みたいなことをして幸せな家庭を築いてしまうのである。そんなもの築くな、阿房。

なんて思わず罵倒してしまったのは、自分の家に火の玉が飛び交っているからだけれども……、というか、それだけではなく、いま、つい、デキ婚と言ってしまったからで、それで、私の心に重くのしかかる、あのこと、を思い出し、ベニバナアブラ一斗を着衣のまま全身に浴《あ》みた、みたいな気分になったからである。厭だなあ。

そしてさらには、あの訳の分からぬ、占い・卜占《ぼくせん》。「ずびずば。ぱぱぱや」なんて訳の分からぬことを言いながら髭生やしてやってきて、私のこと、「国の親となりて帝王の上なき位にのぼるべき相おはします人の、そなたにて見れば乱れ憂ふることやあらむ。おほやけの固めとなりて、天下を輔くる方にて見れば、またその相たがふべし」なんて言われて、ほなどないせい言うねん、俺は生きてたらあかんのか。という重い固まりのようなものが七歳の頃よりずっと心にのしかかって重い、重い、そんな重い気持ちがいつもあるから、真の美、真実の愛の渇仰が、真の美、真実の愛に触れて、重くのしかかるもの、さまざまの軛《くびき》から解放されてうち寛ぎたい、癒されたい、という気持ちが、ずっとずっとあるのである。そしたら私はもう歌なんか作らないし、琴《きん》なんて弾かない、笛も吹かない、っていうのは違うのかな。もしそうなったら私は、これまでとまったく違った真実の愛の歌をうたい、真実の愛の旋律をばりばり吹き鳴らすのかな。そしてその音こそが真の美ということになるのであろうか。噫。

と、宿直所《とのいどころ》で詠嘆していると、大輔《たゆう》の命婦《みょうぶ》という者がやってきた。私がいたわっていた乳母《めのと》の娘であるが、なかなかにふざけた女で、真情というものはまったくないのだけれども、他の者と違い、ふざけているということを隠さないところに、当人は気がついてないのだけれども、それなりのまことがあるので髪を梳かさせるなどして使っている。

その命婦が、自分が根城にしている荒れた家で心細い暮らしをしている故・常陸宮の姫君の話をした。それは気の毒なことなので詳しく聞くと、命婦は瞬間、しまった、という顔をし、「よく知らないんですけどね、人づきあいもないですし、伺ったおりにときどき話すくらいなんです。琴だけが話し相手みたいな人ですから」と、曖昧な、はぐらかすようなことを言う。私は直覚的にその琴の音が真実の愛を体現した音色であることがわかったので、命婦に、その音をきかせろ、と言ったのだけれども、命婦は、「そこまでするほどのこともないかも」と面倒くさがって、なお誤魔化すようなことを言う。しかし、私はすでに直覚的にわかってしまっているのでだめっすわ、「絶対に行くから先に行って待っとけ」と、言ったところ、「そうですか。じゃ、まあ、いま暇ですから行ってましょうか」と、乗りの悪い感じで下がっていった。

生命の根源にあるぐにゃぐにゃしたものがわき上がって月を覆い隠していた。美と醜が一体化して怪鳥《けちょう》のようにくるくる舞っていた。荒廃した邸の荒廃した庭を通り、命婦の部屋で私はくんくんだ。さあ、さあ、さあ、真実の愛による、真実の琴の音を聞かせろ。そう言って急かせるのだけれども、命婦がどうも乗りが悪く、「いやあ、春先は音が悪いですからねぇ。やっぱ秋の方が音がいいですからねぇ」みたいなことをぐずぐず言い、「いいから聞かせろ」そう言ってやっと、姫君の部屋へ行った。

どんなことだろうか、と聞き耳を立てていると、真実ふざけた女だ、命婦は、先ほど私には、春先は音が悪い、と言っていたくせに、「今日みたいな夜は琴の音が冴えますよ。聞かしてくださいよお」なんてことを言っている。言われた姫君は、「わかってくれてるようだけど、宮中に行ってる人に聞かせるほどの技術が私にはない」と言いながら、すぐに琴を持ってきたというのは、やはり相当の技術を持っているのだろう。

そんなことで演奏が始まった。なかなかよかった。うまい、という訳では決してない。ただ、なんというのか、うまい人が弾くと、その曲が表現しようとすることを100パー、表現しようとするため、琴の音そのもの、が耳に入ってこない。ところがこの場合、純粋な琴の音が耳に入ってくる。これこそが下手に人の手によってこねくりまわされた音ではない、真実の音で、これができる、こんな音が出せる。というのは相当のものではないか。そしてもちろん、その人は、私がかつて見た真実の愛、というものをその身内に蔵している人なのである。

そして、そんな人がこんな荒れ果てた家に住んでいるという一事が、その人の真実をより確かなものにしている。なぜなら、美々しく飾り立てられたものは空虚であるからで、私はこれまでそんな例をさんざん見てきたからだ。

ぜひ私の、真実の愛を希求する気持ちを、この姫君に打ち明けてみたいと思う。しかし、なかなかに言えぬのは唐突に個人的な真情を打ち明けた場合、なんたら不躾な人だ、と思われるかもしれないからで、どうしようか、と思っていると、突如として命婦の、「あ。忘れてた」という声がして演奏がやんだ。どうしたのだ、と思って聞いていると、姫君の声は聞こえず、

「部屋に彼が来ることになってるのを忘れてました。別に断ってもいいんだけど、それで気まずい感じになるの嫌なんで、また今度、お願いします。ごめんなさい」と命婦が言うのだけが聞こえ、すぐに命婦は部屋に戻ってきた。しかし、もはやどうしても直接、話がしたくなった私が命婦に、

「もっと聴きたいんだけど。っていうか、向こうの部屋で聴きたい。襖越しだと音がミュートされて、よくわからない。向こうの部屋で聴いてもいいかな」

と言うと命婦は、

「でもどうでしょうか。こういう貧乏な生活してるから服とかもあれだし、いま紹介するのっ

て向こうに逆に悪い感じがするんですけど」と言い、それもそうだと思ったし、言われてみれば、命婦じゃあるまいし、初対面ですぐに乗り乗りになって、情意投合、即寝てしまうような、遣漫《やりまん》が真実の愛の人であるはずもなく、そこで、「じゃあ、私が愛しく思っているということを何気ない感じで伝えておいてくれ」と頼むと命婦は、軽い感じで、「はーい」と言い、その後、冗談のようなことを言って、どうにも頼りない。

そんなことで庭に出たのだけれども、真実の愛を希求する気持ちは募るばかりで、姫君の様子がなんとか知りたいもので、どこか身を隠せるようなところはないかと庭の様子をうかがうと、あった、あった、腐って倒壊した垣根の、部分的に残ったところ、あそこへ行って身を隠してやろう、というので行ってみると、うわうわ、誰か立っている、こんなところに盗人が入るはずもなく、はっはーん、荒れた邸にきれいな女が暮らしていると聞いて、それならば簡単にこませると考えてやってきたど助平だな、どんな顔をした奴だ、どうせ阿房のような顔をした奴だろう、じんわりみてやろう、と思ったら、その男こそたれあろう、頭《とう》の中将《ちゅうじょう》であった。

頭の中将。私の妻の同腹の兄で父は左大臣である。なぜ頭の中将というかというと、蔵人頭《くろうどのとう》と近衛中将を兼務しているからで、私とは心安く口をきく関係であり、私がみた真の美、真実の愛についても少しばかり関係しているところがあって、また、向こうは、美についての鋭敏な感覚を私と共有していると思っているが、しかし、私から見れば彼は、わかりきったことを歌にしてわからない気持ちを伝えることができると信じているという、典型的の人物である。だからときに私のすることや言うことが理解できず、しかし、理解できないことが理解できないし、理解できないことを理解したくないので、理解している振りをしようとし、そのための資料を捜すため、無闇に私のことを詮索したり、熱弁を振るったりするのが時折うざい。つまりは私のことが気になって気になって仕方ないのである。

今日もそうだった。なんでこんなところに立っておるのか、と尋ねたら、「一緒に内裏を退出したのに（一緒ではない。君がついてきたのだ）、妹の待つ左大臣宅にも行かぬし、二条の院に帰る感じでもなく、すうっ、と、どっか行っちゃうから、ちょっと気になって後をつけてきました」と、こんなことを言う。それにしても身なりが妙なので尋ねると、後をつけているのが破礼《ばれ》ないように、わざと安物の馬具を付けた貧弱な馬に乗り、衣服も略服に着替えてきたというのである。普通、そこまでするか？　それで暗がりにじっと立って聞き耳を立てているというのだから、完璧にストーカーである。

しかし、本人にも言い分はあって、それでも普通の家に入っていったのであれば自分も、ああ、こんなところに女があるのか。あははん。と笑って引き返すのだけれども、こういう家に入ってしかも女房の部屋に入っていくので、まったく理解ができず、気になって引き返せなくなっていたら琴の音が聞こえてきて、じゃあそのうち、お宅が出てくるだろうと思って聞きながら立って待ってたんですよ。なんてことを言ったのだった。この粘着質な性格はなんとかならないのだろうか。もうこうなったら怖いよ。

と、頭の中将の人間性を不気味に思っていると、「僕を振り捨ててひとりで行ってしまうから」とか恨むようなことを言ったかと思うと、今度はにやにや笑って、「まあ、僕のことをうざいと思ってるでしょうけど、ま、こういう恋愛みたいなことをする場合、供をつけた方がうまくいくということもありますからね。次からは僕にも声をかけてください。ひとりで出歩くと御身分にふさわしくない事件が起こるかもしれませんよ」と言ったりして、本当にうざい。

そんなことで、一緒に帰ろう、とか言ってくるのだけれども、これを断ったらまた、後をついてくるのだろうし、それも鬱陶しいので、嫌だけど左大臣家に行くことにして、傾いた門をくぐって表に出ると、早手回しに車が二台、停めてあって、こうやってしゃきしゃき仕切られていくのが一番嫌なのだけれども、それを説明するのも面倒くさいので、我慢してさっさと乗り込むと頭の中将も乗り込んでくる。私は驚き、

「君はあっちの車に乗ったらいいだろう」と言うと、へらへら笑い、「いいじゃん、いいじゃん」と言いながら太腿をぎゅうぎゅう押し付けてくる。気持ちが悪い。

しばらく行くと頭の中将は、「月がいい感じですねぇ」と棒読みのような口調で言い、なにかごそごそしているなあ、と思ったら笛を取り出し、これを吹き始めた。別に吹きたければ吹けばよいが、嫌なのは吹きながら、誘うような窺うような上目遣いでこちらをちらちら見て、もの言いたげにするという点で、内心で、なんなのよ、と思っていると、ついに吹き止め、

「一緒に吹きましょうよ。セッションしましょうよ」と言う。「いま、笛を持ってない」と言って断ると、「あ、笛でしたらここに」と、もう一管、笛を取り出した。事前に準備していたのである。どこまで不気味な奴だ、と思い、断ったらなにをされるかわからない、と思って嫌々、笛を吹きながら左大臣家に戻った。

妻が起きてくると面倒くさいので、そうっと入り、廊下で着替えていたら、早っ、もう着替えた頭の中将が、笛を吹きつつ向こうからやってきて、すぐ近くまでくると、私の目をじっと見て吹き続け、着替えが終わるや、「はいっ」と私に笛を手渡す。「これは?」と尋ねると、「さっき、曲の途中で着いちゃったんで続きをやりましょう」と言う。

しょうがないので嫌々、吹いていると、向こうから左の大臣《おとど》が高麗笛《こまぶえ》を吹きながらやってきて演奏に参加する。そうこうするうちに、女房連中が琴を弾きだして、一大セッション大会になってしまった。だからここの家にくるのは嫌なのだ。

それにつけても琴の音を聴くと、あらためてさきほどの家が思い出され、心が苦しくなる。美と荒廃。すばらしく似つかわしい。かつて私の触れた真実もまた……。

と、思ってまったく気合いを入れずに適当、吹いて、ふと視線を感じて見ると頭の中将が蛇のようなぬらぬらした目でこちらを見ていた。

それから何度か手紙を出した。ところがなんの返事もない。いったい、どうしたことであろう。この私が手紙を出して、ここまで返事がないというのは珍しいことで、つきあう気がないにしても思わせぶりなことくらいは普通、言ってくるはずなのだけれども。と、思い、殿上間《てんじょうのま》にいると小庭から頭の中将が入って来て言った。

「どうですか？　調子は？」

「普通だけど」

「普通だったらいいですね。僕なんか最悪ですよ」

「ああ、そうですか」

「あのお」

「なんですか」

「普通、最悪ですよ、って言ったら、どうしたの？　みたいなこと言いませんかね」

「ああそう。じゃあ、どうしたの？」

「じゃあ、どうしたの、ってこともないと思いますけど、最低ですよ。実は僕ね、手紙出したんですよ」

「誰に？」

「誰にって、ほら、例の姫君ですよ」

「ああ、出したの」

と、私はつとめて何気ない口調で言ったが、内心では動揺していた。そこで、「それで返事

はきたの?」と、尋ねると、

「それがこないんですよ。ああいう家に住んでいる人こそ締めつけられるような美を知っているべきで、美しい詩文のような返書があるはずと思っていたのにこない。いったいどういうつもりなんですかねぇ。一応、私は貴公子なんですけどねぇ。なめてるんですかねぇ」

なんてことを言ったうえで、「あなたも手紙をやったんでしょ。ねぇ、やったんでしょ。返事、きましたあ?」とねらねら訊いてくる。そこで、

「さあ、一応は出したけどねぇ。別にそんな本気になるような女でもないから返事がきたけど、ちらっと見ただけでちゃんと読んでないねぇ」と余裕で答えてやったら、「やっぱりねぇ、あなたには返事を出すけど僕には出さないんですねぇ」と嘆息、半泣きで出て行った。ははは。おもろ。

と、でも笑ってもいられないのは、女というものは熱心な求愛者に弱いもので、頭の中将があの粘着的な性格で猛アタックを繰り返し、姫君がつい心を許す、なんてことがないとは限らない。そんなことになったら大変で、なぜなら、頭の中将は姫君を愛しているから文を送っているのではなくして、私に拘泥、私のすることが気になって、常にそのことに関係していたい、と考え、手紙を送っているに過ぎないからである。

そうなる前、すなわち真実の愛が頭の中将に冒瀆される前に私がなんとかしなければならない。そのためには……、そう、命婦である。私は命婦を呼んだ。命婦はおもしろがってすぐに

やってきた。心に実がなく存在自体が嘘、みたいなおもろい女である。こんな女にだったらどんなにあけすけに言っても大丈夫だ。私は命婦の顔を見るなり、

「相手がどう思っているかわからない。事情もわからない」「自分を浮気者と思っているのかもしれないが私はそんな人間ではない」「大体は女の方が一方的に騒いで、それで別れざるを得なくなるんだ」「あの人みたいに周囲で騒ぐ人間がいなくて、性格のいい子だったら絶対にうまく行くはずなんだよ」

などと、まくしたてるように言った。ところが、喜んでやってきた癖に命婦は、

「どうでしょうねぇ。あの子って、すごい地味じゃないですかあ。あんな子とつきあっても面白くないんじゃないですか」

と乗りの悪いことを言う。面倒くさがっているのである。この私が言っているのになにを面倒くさがるのか。私は重ねて言った。

「そら確かに、ポンポンポーン、って会話が弾む、って訳じゃないかもしれない。けど、そういうのって面白いけど疲れるんだよね。地味なくらいがちょうどいいんだよ。私がそう言ってるんだからいいんだよ。頼むよ。わかった？」

「はーい」

と命婦は返事をして出て行ったのだけれども、その後、瘧《おこり》、発熱・悪寒・戦慄が続いたり、

私の心に重くのしかかる、あのこと、が進行したりして、知らないうちに夏になって暑くて暑くて、鞍馬にでも遊びにいくかな、なんて思って表に出たら、暑さのせいか、発狂した尼が、「魔羅、魔羅」と叫びながら、全裸で往来を疾走、男とみれば抱きついてきて、穢らわしいので遊びにも行けず、ふと庭を見ると、頭の中将が、ぬう、と立っているみたいな最悪な日が続き、三度ほど気が狂いかけた。

そんなことでとうとう秋になってしまって、かつてみた、真の美のことが思い出され、いまその美に、愛に触れられぬことが苦しくて、じっとしていられないくらい苦しくて、そうなるとどうしてもあの姫君と逢いたい、話をしたい、抱きしめたい、という気持ちになってそれで手紙を書くのだけれども相変わらず返事なく、とにかく命婦を急かすよりほかない、というので命婦を呼び、半ば怒って言った。

「いったいどういうことだろうねぇ」

「なにがですか」

「とぼけてたら殺すよ」

「ああ、あの例の……」

「例の、じゃないよ。私はここまで虚仮《こけ》にされたことはこれまでない。いったいどうなってるのかなあ。っていうか、君がなにか策動してるんじゃないの」

「いえ、私は別になにも……、ただ、あの方があまりにも内気で恥ずかしがりですから、いきなり言われてどうしていいかわからないだけで……」

「それは違う、それは違う。親が生きている間ならそうして恥ずかしがっていてもよいが、心細い暮らしをしているのに、そんな風に恥ずかしがっているのはおかしい。それにあの人は単に恥ずかしがっているのではない。あの人は真の美を知っている人だ。美の哀しみを知っている人だ。なぜそれがわかるかと言うと、僕も美の哀しみを知る人間だからだ。私はねぇ、はっきり言おうか？　言うよ。やらせてくれ、と頼んでる訳じゃないんだよ。おまえにそれがわかるか？　わからんだろう。私は、部屋に入れてもらわなくてもいい、縁側でいいんだよ、縁側に美の哀しみを知る者と並んで座りたいだけなんだよ。ところが向こうからは、うんともすんとも言ってこない訳でしょ。もうこのままじゃたまんないわけですよ。だからさあ、頼む。もうこうなったら直接、行くしかないでしょう。そういう風に段取っといて。わあってる、わあってる。いまも言ったでしょ。無茶は絶対にしないから。話だけ、話だけ」

途中から錯乱したみたいになってしまった私に命婦は言った。

「そうですか。じゃあまあ、そういうことにしてみましょうか」

「頼む」

「じゃあまあ、そうしましょう。いえね、あなた様がほらいろんな女の話を聞きたがるんで話のついでにと思って軽い気持ちで話しただけなんですけど、そこまで仰るんだったらそういうことにしますよ」と言って出て行った。よかった。

そして九月二十余日。月はまだ出てない、星明かりばかりの風吹く夜。ついに私は例の邸の庭に立ち、まずは垣根やその他の物陰を調べた。頭の中将が潜んでいるかもしれないからである。幸いにして頭の中将はおらなかった。念のため縁の下ものぞいたがここにもいない。そうこうするうちに月も出て、琴の音が聞こえてきた。

姫君が弾いているのだ。月の光に照らされた荒れ庭に琴の音。いいなあ。いいよ。と言ってずっとここに立っているのも馬鹿のようだ。とりあえず、命婦の部屋へ行こう、と、命婦の部屋に行き、「疾く行って段取をつけてこい」と小声で言うと命婦も、「わかりました」と小声で答えて立っていった。

暫くして聞こえる騒虎《ざーとら》しい命婦の声、

「本当に困りました。本当に困りました。って二回言うくらい困りました。あの方がいまおいでになりました。っていうのは、実はあなたのことで私、ずっと文句言われてたんですよ。けど、私が勝手に返事する訳にいかないじゃないですかあ、それでほっといたら、そのうち自分で行って話す、って言ってたんですけど、ほんとに来ちゃったんです。どうしますう？　やっぱあれですよねぇ、そこまでなさってるのを断る訳にもいきませんよねえ。お話だけでも聞いてさしあげないとまずいっすわ。やっぱ。うんうん」

と言っているのが聞こえ、それに対して姫君が恥ずかしがっているのか、

「本当に、あなた様は子供っぽいですねえ。親が元気で生きていてなに不自由ない身分なら、そうして恥ずかしがっているのもわかりますが、こんな心細い生活をしていてなお、そんな風に恥ずかしがっているというのはおかしいですよ」

と、はは命婦、俺の言ったことをそのまま言ってやがる。したところ姫君の、

「ただ、聞くだけでいいのなら。鍵かけた戸越しでいいんだったら」

という声が聴こえた。思ったよりも低い声だった。

「戸越しって、あなた。そしたら外の縁側にあの方を通す、ってことになるじゃないですか。それはどうなんだろう。大丈夫ですよ。あの方はねぇ、そんな無理矢理入ってきて押し倒すとか、そういうことは絶対に、絶対にしない人ですから。ね、じゃあここのね、この襖閉めて、はい閉めました。それでここに座布団敷いときますから、はい、じゃ、いいですか。呼んできますからね」

そんなことを言って命婦が呼びにきた。いよいよだ。いよいよ真の美、真実の愛が成就するときがきたのだ。

くんくんになって部屋に入ると、やはり思った通りで、イマドキのノリノリの感じではない、奥ゆかしい、その人の人柄がしのばれる気配で、そこらのネーチャンとはやっぱり違う、って嬉しくなり、この春以来の思いを語り、真の美、真実の愛についても語ったのだけれども、ど

ういう訳か一言も返事がない。

そこでいろんな角度からいろんな話、ときに語調を変え、表現に工夫、適宜、風景描写なども交えて話したと言うのに、まったくの無反応、私はがっくり疲れてしまい、ついに、「弱りましたね」と言ってしまった。

「弱りましたね。なにも言わないと言うことは、少なくともノーではないわけですよね。だからまあ、こうやって喋り続けている訳ですけど、考えてみたらそれってイエスでもない訳ですよねえ。ノーでもなければイエスでもない虚無のなかで私は、正直、疲れましたわ。すみませんけど、私が真の美、真実の愛に叶わぬ存在なのであれば、私が嫌いなのであれば、すみません、はっきりそう言ってもらえませんか。お願いしますわ」

と、決定的なことを言ってしまったのである。したところ、

「ノーではありません」

という声が聴こえた。さっきよりもずっと高い声だった。気持ちが昂って声が高くなっているのだ。ということはイエスということで、そうだったのだ。やはりあの人は真の美とその哀しみを知る人だったのだ。私と同じ種類の人間だったのだ。望まぬのに神に愛され、神に愛されたことによって人と隔てられ、数少ない同族を求めて虚しく呼ばう人であったのだ。私はいま初めて自分が報われた状態にあるのを感じるよ。栄光の中にいるのを感じるよ。そして高揚感と同時に安らぎを感じている。すごいなあ。すごいことだなあ。と喜び浮かれ、いよいよ、

真の美を抱きしめるときが来た、というので姫君に、

「お返事ありがとうございます。いまは僕の方が感動で口がきけないというていたらくです。僕は初めからわかってました。より深い愛があれば言葉なんていうものは必要ないのです。ぅでもね、人間というのは弱い物で、その愛の輪郭を言葉でなぞる、ということをしたくなるわけです。そうしないと不安な訳ですよね。とりもなおさずこの私も不安になっとった訳です。でも、よかったです。ノーではない。その言葉を聞けただけで私はもう今日はお暇してもよいくらいなんですけれども、しかし、真の美というものがすぐ間近にある喜びをもう少しだけ味わっていたいなあ、とそんな風にも思う訳ですが、あなたもそうですよね。って言って、また、黙っておられるのですね。まあ、それが真の深い愛の現れ、ということは私もわかります。っていうのは私たちは神に愛されてるんですよ。というと、多くの者は神に愛されるなんていいわねぇ、なんて言いますけれども、そんなことはない。なぜなら神に愛された者は人の世で生きにくいからです。人の世に生きる基盤を持っていないからです。そして神が人になす、人から見れば残酷な振舞いへの、人の怒りはすべて神に愛された人に向くのです。つらく悲しいことです。そんな体験を僕はこれまで何度もしてきたのですが、あなたはどうですか？　と尋ねてもやはり返事がない訳で、なんか言ってくれてもいいなあ、と僕なんか少々、思いますけれども駄目っすか。そうですか。いいですよ。ノーではないことは僕はもうわかっている訳ですからな。カラビナというのは最近使う人が多いですけれども僕は二十五年くらい前からカラビ

ナの有用性を力説していたのです。二十五年前といったら生まれる前ですよ。誰がって、僕がです。つまり、それくらい前から主張していたのですが、その頃は、みんな、ふーん、って感じで冷たかったですけどね。ってことをいま言う必要があるかどうかはまあ別として日常的な話題ってことで言ってみたんですけど、やはり、なにも仰らないと言うのはあなたの愛がもう底なし沼のように深いということですよねぇ。沼とか好きですか。沼に行ってあえて斧とか沈めたら楽しいのですかねぇ?」

なんて話すうち、自分が、なにか滑稽な、別に普通の鶏卵と栄養価の変わらない、烏骨鶏《うこつけい》の卵を無闇にありがたがって珍重しているような愚民になったような気になり、ここまで言っているのになにも言わない女とはどんな女か、と、腹が立ち、また、襖越しというのがもどかしくなって、私はついに襖を開けて姫君の部屋に入ってしまった。暗い、なにも見えない部屋に入り、香がひときわ香った瞬間、美が頭のなかでスパークして、私はなにがなんだかわからなくなった。自分のやっていることが滑稽であること、そのことを展開するためには、さらに滑稽なことをやらなければならない。というか、真実の愛というのは滑稽なものなのだ。そんな考えが頭に浮かんだ。

部屋の隅に茫と浮かぶ赤い固まりに私は近づいていった。命婦やその他の者が、去っていくような気配、そしてその気配のなかに、私の行動を批判するような気配がさらに内包されているような気配を感じた。

おまえらに美のなにがわかる。そういう怒りの気持ちが睾丸の裏側から脊髄を駆け上がり、脳の中をぐるぐる回った。陰茎が怒張した。想念が赤黒くなって、複数の、私的な背景をいっさい捨て、すべてを旋律のために捧げているような女の、「オー、ザンビア。オー、ザンビア」と歌う声が聴こえてきた。美だ。切実で哀しい、真の美だ。私は、この瞬間をどれほど待ち望んだことか。でも、私はこの瞬間が必ず訪れることを確信していました。それは姫君、あなたも同じでしょう。ああああああっ。こんな、こんな。こんな姫君と私は。

そんなことを思い、或いは呟きをだだ洩らしつつ私は姫君にのしかかっていった。

夢のような、痺れるような快感。彼と我との合一、自分の溶融、彼岸への越境。快美と悦楽の高速回転花火。かつて私が垣間みた、あの震えるような恍惚がまた私を訪れる。最初、私はそう考えていた。ところが、どうしたことだろう、まったくそうした快感のようなものはなく、ただただ、索漠とした感覚があるばかりであった。

女の体であるには違いなかった。しかし、硬いというか、情というものがまるで通わない、なにか鱶《ふか》のようなものを抱いてる、みたいな感触なのである。腕を差し入れても、かき抱いても、なんらの反応もなく、口を吸うと、厚ぼったいような、腔腸動物を吸っているような、非常にいやな感触があり、実際にはそんな匂いはないのだろうけれども奇妙な幻臭に悩まされた。背中は板のよう、胸と腹はじっとりと汗ばんでいた。

こんなはずではない。私がもう少しうまくやればいずれ気分が出るはずだ。情が通うはずだ。真の美、真実の愛にいたるはずだ。そう思って焦れば焦るほど、心は冷え冷えとし、不如意で不分明な物体を抱え込んで途方に暮れている自分がばからしく思えてならなかった。

庭で虫が、チンチロチンチロチンチロリン、と鳴いているのが聴こえて、私はもはや耐えきれなくなって体を離し、起き上がって、「失礼しました」と言った。暗闇から、「むふう」という笑い声が聞こえた。私はいよいよ耐えられなくなり、無言で縁側に出た。

もはや月は叢雲《むらくも》に隠れていた。やはり虫が鳴いていた。命の限り鳴いていた。戸を開けて外に出たのがわかっているはずなのに、誰も見送りに出てこなかった。命婦すらこなかった。やはり批判的なのか。それにしたって見送りにくらい出たっていいじゃないか。そんなことを思いながら門をくぐった。暗かった。寒かった。風が吹いていた。

二条の院に戻った。眠かった。ただ、眠りたかった。美とかそんなこと、もうたくさんだった。それで眠ろうとするのだけれども眠れないのは、憂悶・憂愁ゆえである。

真の美、真実の愛に私が恵まれなかったのは仕方ない。いつもそうだ。いつもそうなんだ。狂人が、「いつもそうだ間抜け野郎」と四条河原町で歌っているのを聞いたことがある。いつもそうだったし、これからもそうなのだろう。私はこれまで、すべてを得る資格を持っているのにもかかわらず、なにひとつ欲しいものを手に入れることができなかった。

一瞬、垣間見えた真の美もはかなく消える。可憐なものが掌から飛んで逃げる。私は瞬間を永遠に固着しようとして空しく歩き回る。ははは。卜占、あってんじゃんか。

というのは、まあ、諦めているというか、どこかで、そんなこっちゃないかな、と思っていた。だいたいが、あの琴、なんですか？ あれは？ あのときは、もしかしたらいいのかナー、なんて思ったけれども、いま考えてみれば、はっきり言ってド下手ですよ。あの時点で、ダメカモナー、って。心のどこかで、思ってた。

だからそれはまあよいとして、問題なのは今後のことで、相手の身分が身分なので、もしここで、やり捨て、やり逃げ、みたいなことをしたらやはりまずいというか、有り体に言えば、私だって出世がしたい。そのためにはやはり悪い評判はこれを避けておいた方がよいし、もっと言うと、宮中というところは誰の娘と契るかということで、将来の進路が決まってくる訳で、後でいろいろ言われたり、批判されたりしないためには、やはりマナーに従い手紙、後朝《きぬぎぬ》の文をやって、今日明日明後日と通わなければならないのだけれども、あの索漠とした、不気味ですらあった共寝のことを思えば、とてもそんな気にはならず、でも、出世はしたいし……、と、いつまでも寝床でぐずぐずしていると、最悪だ、頭の中将が庭に、ぬう、と立っていた。

「いやあ、けっこう遅くまで寝てますねぇ。ゆうべはやっぱり、あれですか。どっか行ってたんですか」

頭の中将は窺うような目つきで、そう言ったうえ、ぐひひ、と卑しみ笑いを笑った。こんな奴に嗅ぎ付けられ、方々で言い触らされたら出世ができない。慌てて起き上がって言った。

「いやあ、宵からどこにも行かないで一人で飯食って、一人で寝ていると熟睡してしまうなあ。いかん、いかん。お宅は、内裏からここに来たの」

「そうですよ。お上の行幸の人選、今日ですから。誰になんの楽器弾かせて、誰になに舞わせるとか、全部、決めなきゃなんないでしょ。それで左の大臣にも相談しようと思っていったん退出して家に戻るとこです。それで相談したらまたすぐ内裏に戻ります」

いかにも忙しげに言うのは、俺がこんな忙しいというのにおまえは寝とんのけ？　ええのお。という嫌味である。これを無視したら、また、粘着的にいろいろ言われるに決まっていて、そんなことをされたら出世にも響くので、「じゃあ、私も行くから一緒に行こう」と、嫌々、言い、一緒の車駕《しゃが》に乗った。

途中、頭の中将は、「熟睡した割には眠そうですねぇ」なんて嫌味をまだ言う。無視、無視。それから宮中にあがって、もちろん、今晩、姫君のところに行く気はなく、せめて朝のうちに手紙だけでも書こう、と思うのだけれども、なにかと忙しく、手紙を書けない。誰に聞かせる訳でもないが、「こう忙しくっちゃあ、手紙も書けやしねぇ」と言ってみたところ、その台詞に弁解・弁疏の調子が多分にあった。自動車の製造ラインで働く、なんてことをしない限り、短い手紙を一本書く時間がないほど忙しいということはありえないからで、「ずっとバタバタしており、メールの返事が書けませんでした」なんてなのも嘘だからである。ただ、面倒くさくて放置していただけなのだ。

夕方になって雨が降り始めた頃、忙しさが一段落した。一段落したら、手紙を書かなければならない。仕方ない。書いた。書いている最中、メンドクセー、と四回言った。

自分は今晩、行きたいのだけれども、雨が降っているし、あなたは心を開かないし、どうしても行けない。早く行けるようになるとイイナー。

という意味のことを歌みたいなことにして書いた。ははは。責任転嫁。

すぐに返事が来た。まるで美的でなかった。雨に濡れ、泣きながら待っている自分の心。みたいなことが歌で表現してあった。あの荒れた屋敷であの姫君が私を待っている。その事実を意識すること自体が苦痛だった。つまらない、無粋な女にあたら幻想を抱いたがためにこんなことになってしまった。私は光り輝くばかものだ。私は生涯、あの女の面倒をみることになるのだろう。ははは。ベニバナアブラでも飲むか。っていうか、もう飲んだのか。行幸準備が忙しい。


なんつって、まあ、そこそこの女のところにはなんとか時間を作っていくのだけれども、当然、例の姫のところには全然行けないでいるうちに秋も暮れてもう十一月、もうすぐ行幸だ、というので、舞楽のゲネプロがはじまって、なんとなく宮中全体が盛り上がり、私自身もそれなりに浮き浮きしてるところへさして、櫛形窓から覗く者があり、誰かと思うたら命婦、あの姫の話をするのだろうなあ、と思っていたら言わんこっちゃない、あれから一度もこないというのは、あまりといえばあまりのしうちによよよよよと泣き崩れるひとりのおんな、みたいな愁嘆をぬかし、うざうざな気持ちになるのは、ずっと、悪いなあ、行かないとまずいなあ、と苦にしていたところへそういうことを言われるからで、さらに考えれば、こいつが最初、へらへらしてなかなかお取り持ちをしなかったのは、俺がすべてを知ってしまったらこうなるので、まあ、ええ感じのお噂、程度のところにとどめておこう、という配慮があったからで、その配慮に気がつかずに強引に事を押し進めてしまった俺に対して、野暮な奴だなあ、と思っているに違いなく、そう思われる事自体がつらい。

さらにあの姫、本人のおそらくは、悲しい、と思っている心が重くのしかかってくる。私は人のネガティヴな感情に耐えられない性格で、私の前では、人は、他人は、それがみえみえの嘘とわかってもよいから、基本的には明るくアッパーであって欲しいのだけれども、この命婦というのはそもそもそういう人間だから気に入って用を言うなどしていたのだけれども、こんな暗い事態になってしまった。

命婦。おまえは、こんなことくらいへらへら笑ってやり過ごす人間ではなかったのか。人に同情して泣くなんておまえらしくないじゃないか。

とも言えないのは、この事態を招いたのが他ならぬ自分であるからで、

「最近、忙しいからねぇ。しょうがないよね」

みたいなことしか言えず、なんとか冗談にしようと思って、

「まあ、あの人も、ほら、なにかと無粋な人だから、少しそういうなんていうの、恋愛の駆け引きみたいなのをこのことによって学んだ方がいいかも。っていう教育的配慮も、まあ、あるんだけどね」

と、言ったが命婦は笑わない。笑え、どあほ。


それからしょうがない、行幸準備が落ち着いて、俺も舞って、いみじく評判よくて中将とかなったけど、昇進したけど、いろんなことが心に重くのしかかって、嬉しいけど全面的にハッピーな感じにならない。それでひとつひとつ問題を片付けておこう、簡単なことから。という考えで何度かあの宮方に通った。相変わらず、味気なく、また、意味なく恥じらって、風俗嬢みたいな恰好で不自然に横向いて顔も見せようとしない。というか、女に会いにいくのは大体が夜で部屋が暗いから、どんな馴染んだ女でもかなり経たないと顔がわからない。

そんなことをするうち、私がかつて垣間みた真の美、真の愛の人に連なる少女を二条の院に招いて、少女にかまうのがうれしくおもしろく、ほかの女のところにも行かないくらいだから姫君のところに行くこともしないでいたのはしょうがない、しょうがない。雨の日はしょうがない。

と、雨の日は開き直り、晴れの日も開き直って、いかないでいた。

が、すっかり開き直って、けらけらけら、と笑って過ごしていた訳でもなく、ひとりで酢の物を食べているときなど、気がつくと、「いい加減、そろそろ行かなきゃなあ」なんて呟くなどしていて、苦になっていることには変わりなく、ある日、ふと思ったのは、あの、気色の悪い感触や、なじまぬ感じというのはすべて神経の作用、すなわち、顔や姿形がはっきりしないから、疑心に暗鬼が生じているだけで、はっきり顔を見たらそんなこともなくなって、まあ、真の美、真の愛、というところまではいかないとしても、少なくとも、明朗で快活な、私が浜裕二のギャグ、あいつが楠本見江子のギャグを言ってお互いに笑うような、そんな関係を築けるのではないか、と思ったのである。

しかしだからといって、「あの、ちょう顔みたいさかい、明かりとぼしてくれるか」とあからさまに言うのも恥ずかしい話で、そこはそう、じんわりといてこましたろかい、というので、向こうの女房がリラックスして宵居、夜中まで寝ないでジャガリコに湯いれてマッシュポテトみたいにして食べるなどしてだらけているときを見計らって、ぽーん、と庭に入り、このあたりから見えぬものかと、格子の間からのぞいてみるのだけれども、なかなか、几帳やなんか、古いのだけれども、あるべき場所にきちんとあるので、奥の様子はわからず、ただ、女房たちが四、五人、飯を食っているのが見ゆるばかりである。

膳はインポートもののようだけれども、古い型で時代遅れなうえボロくなっているし、肝心の飯も、ジャガリコよりも粗末な残飯の盛り合わせ膳であった。

庇の隅の間で女たちは実に寒そうであった。

煤けたみたいな白い着物を着、裳を巻いて、昔はそんなことをやっていたがいまは、どこの家でもそんなことはしない、内侍所の女官だったらそんなことといまでもやってるが、髪の毛をぷわっと後ろにやって櫛で押さえていた。

奇妙・奇天烈な人たちだった。そしてその奇妙奇天烈な女たちは、

「ああ、寒っ。今年はなんて寒いの。長生きの罰と思うくらい寒い」

とか、

「故宮がお元気だった頃、それはそれでつらいと思ったけど、比じゃないっす。自分がなぜ死なないで生きているのかわからない。こんな生活してたら普通、死ぬっしょ」

とか、愚痴・泣き言を言い、実際に泣き出すものもあった。

かと思えば、寒さのあまり、がくがく震えてタコ踊りみたいなことになっている者がある、

「寒くてトイレが近いのだけれども、外に出たらもっと寒いから、さっきから我慢をしている。でも、そろそろ限界だ」みたいな、あり得ないくらいみっともないことを言う者も複数あって、いたたまれないというか、もう聞いてられない、私のただ美のみを志向する繊細な心が耐えられなくなり、話を打ち切ってもらおうと、いまこの瞬間、着いたような顔をして格子を叩いたのだった。

普段であれば、ま少し気の利いた侍従がいるはずなのだが、この日はおらず、いっそう貧相な女房ばかりで、なにをやらせても鈍臭い。

雪がいみじく降ってきた。暴風が吹いてきた。風で灯火が消えたが、気が利かぬのか、なんなのか、誰も点けにこない。あの、私に真実の愛を見せてくれた人が死んだ夜のことを思い出す。

この家はあのときの邸宅ほど広くなく、また、人もたくさんいるので、恐ろしいということはないが、なんか気色が悪くて寝られない。っていうか、こういうシチュエーションで女というのは、本来であれば、なかなかいい感じ、しみじみとした情趣・情感に浸り得るはずなのだけれども、一緒にいるのがこれ、体温のある材木、みたいな女なので、顔を見るとか見ないとかでなくやっぱそういう気持ちにはまったくならない。

ただただ不気味で味気ない、ざらざらの夜である。

しかし、経たぬようで経つのが時間、そんな夜もようよう明けて、ああ、くさくさする。外の空気吸いたいわー、というので、がらがらがら、自分で格子を開けると、庭は雪が積もって真っ白け。俺が帰って、俺の足跡だけが、ぽつぽつぽつ、とついているのは寂しいだろうなあ、と、その寂しさを感知するのは俺ではないのに、その寂しさが誰が感知したかということとは無関係に純粋の寂しさとなって俺につきまとってくることが予測され、さっさと帰りたいのだけれども帰ることができないのは俺固有の因果、って、俺、貴公子なのに、俺なんて言ってるわ。いつから言っているのだろうか。性と政治のことについて考えたあたりからだろうかまあええわ、とりあえずなんか言お、というので、

「ごらん。雪だよ。風情のある景色だ。いつまでも恥ずかしがっていないでこっちにきたらどう？」

と言うと、女房どもも、「はや出でさせたまへ。素直が一番、素直がサイコーですよ」と言って、髪をくちゃくちゃしたり、服をふしゃふしゃするなどした挙げ句、ようよう、にじって出ていらっしゃった。

初めて明るいところで見る女の姿形。どうだろうか。「お？　意外にええやんけ。かいらしやんけ」みたいなところがあ、ははは、きっとあるに違いない。そういうところを私はこの雪の朝にハッケンしたいのだけれども、しかしまあ、それにしてもあまりじっと見たら向こうもこっちも決まりが悪い、そこで、外の景色を見るような振りをし、ちらちら横目で見るようなことをしよう。と思い、横目でみて、まず、ぐわっ、と思ったのは、その胴の長さである。無礼なぐらいに長い。こんなこっちゃないかと思ってたと思いつつ目を逸らし、また、恐る恐る横目で見て、どひゃあ、と思ったのは鼻である。どれくらいに長いかというと、動物園に行くと象という生き物がいて、耳はたはたさせつつ、ときおり、ぱおーん、とか、きゃー、とかおめいているが、あの象という生き物を思い出すくらいに長い。ぴゅー、と伸びて先の方が、くにゅ、と垂れ下がり、垂れ下がった先端が赤くなっている。論外である。

顔色は白いをとおりこして青ざめており、奇怪なことに、でこが、ぶくっ、とふくれて前方に突き出している。にもかかわらず、面長に見えるのはむちゃくちゃに顔が長いからで、おそらく二尺の手拭で頬かむりができないのではないか知らん。

衣服の上から肩の骨の形がわかるくらいに痩せている。見ていて痛い。

心の底、腹の底から、見なければよかった、と思った。

しかし、それでもなお何度も見てしまうのは、女の姿形があまりにも異様だからで、人間というのはおかしなものだ、美しいものを吸い込まれるように見てしまうのと同様に極端に醜いものもつい見てしまうのだ。

ひとつ違う点があるとすれば、美しいものの場合、中途半端に美しいものでも見るが、ありきたりな醜さはなかったことにされるという点で、そういう意味ではこの人の醜さは中途半端ではない。交通事故のような醜さだ。事故を見ていて事故を起こした私。

そんななか髪の毛ばかりは長くて黒くて美しく悲しい。

そして衣服。悲しい衣服。人の衣服のことをあげつらってファッションチェックみたいなことをする人は、自分はファッションのセンスがよいからそういうことをする権利があると思っているのかも知れないが、そうして人のことを人前であげつらっている自分がもっとも悲しい人間であることがわからないか、と思うから、衣服のことを言いたくないが、言わないにしても認識はしてしまったので、その認識を整理すると、色褪せた赤い襲《かさね》、汚れた黒い袿《うちぎ》のうえに、いったいいつの時代の服か、また、若い女が着るような服ではないのだけれども、これを着ていないと寒くていられないのだろう、黒貂《ふるき》の毛皮外套を着ている。

ああ、認識してしまった。そして言葉がない。ただ、認識があるだけだ。普通は認識に対応する言葉がある。ところが女があまりにもあまりなので、それに対応する言葉がないのだ。ああ、とか、ううっ、とかしか言いようがない。どっひゃあ、とかね。けれども顔を見るなり黙ったら、向こうの人たちも、やっぱりなあ。姫君の顔を見るなり黙ってしまわれた。と思うに違いないから、やはりここは無理にでも、ということは認識に対応してなくてもよいから、ということは嘘でも、なんか言わなければならない、というので、「いやあ、やっぱ、雪っていうのはあれっすな」とか、「ぼくらはやはりロイヤルサルーンですよね。ロイヤルストレートフラッシュって知ってますか」とか、いろんなことをいうのだけれども、恥ずかしがっているのか、袖で口元を押さえて黙っていて、その黙っている恰好というのが、肘がつっぱらかって、儀式官が笏をもって歩いているときの恰好の様で、本人は可愛いぶってやってるのにもかかわらず、なんらの色気もなくただ滑稽でそこのところがなお憐れで見るのがつらく、帰りたくて帰りたくてたまらなくなったので、君がいつまでも頑だから私は帰るよ。つらいのはこっちだからね。私を恨んではいけないよ。という意味をこめ、「朝日さす軒の垂氷《たるひ》は解けながらなどかつららの結ぼほるらむ」と歌った。

こうした場合、通常、返歌があるものだが、「むむ」と不気味な笑みを浮かべるばかりなのは、おそらく作歌の能力がないからで、待っていると追いつめることになり、ますます人間の気の毒な様態を認識することになりそうだったので、そのまま庭に出た。

年の暮れとなって、宿直所にいると誰かやってきた。呼びもしないのに勝手にくるのは大輔の命婦か、頭の中将。頭の中将だったらやだな、と思っていると、よかった、命婦が包みを持って入ってきた。

「あのお」

「なんですか」

「言った方がいいのか、言わない方がいいのか、わかんないことがあってぇ。どうしましょう。言った方がいいですか。言わない方がいいですか」

「それじゃ、わからない。言いたまえ」

「いや、それがどうも言いにくいことで」

「もったいぶってないで言え。そんな言い方されたらこっちが気になって仕方ない」

「じゃ、いいますけど、これ」

命婦はそう言って手紙を出し、「あの宮からきた手紙です」と言った。

あれ以降、もちろん行きはしないが、あの気の毒な赤鼻の姫をそのまま打ち捨てるということは私は性格上できないし、頭の中将あたりに騒がれてもいけませんし、経済的なことだけは

手厚くさせてもらっていたし、なにももったいぶることはない、

「それだったら隠し立てする必要はない」

と、取り上げると、業務用の不細工な紙に歌、

唐衣君が心のつらければ雲雲崖に本地垂れよし

とあった。唐衣？　崖？　はあ？　正露丸トーイ飲んで心が辛いので雲がかかった崖に本物の醬油が垂れている様がよい、と言ってんの？　意味わかんないんだけど。と思って命婦の方を見ると、解いた包みの上に重そうな衣装箱がおいてあった。

「なんすか。それ？」

と尋ねると命婦は言った。

「いえ、けっこう笑っちゃう感じなんですけどね。せっかく向こうで正月の服っていうのでわざわざ用意して送ってきたわけでしょ。私の一存で返すとかできないじゃないですかあ。といって、お目にかけるのはちょっと、って感じなんで、あたし、どうしたらいいんだろう、って」

「いやいや、なかなか。俺なんか最近、ひとり者みたいなもんだから。淡雪は今朝はな降りそ白妙の袖まきほさむ人もあらなくに、って感じだから」

と戯談を言い、衣装箱のなかを見て絶句した。

贈られた衣服が激烈にださかったからである。チープな流行色の、あり得ないくらい、ピカピカ光る、浅草の漫才師の衣装のような直衣であった。私がこんなものを着る訳がない。そして、驚くほど拙劣な歌。周囲に直す人もおらず、そこここに、よい歌にしようと苦心した痕跡が感じられるのがまた悲しい。

「恐れ多いシロモノでげすな」

自分が選んだものでもないのに恥辱に顔を赤くしている命婦にそう言い手紙の端にいたずら書き、なにも考えずにふと、「なつかしき色ともなしになににこの末摘花を袖に触れけむ」と書いた。

それを命婦が脇から覗き込み、「末摘花って紅花のことですよねぇ」と不審そうにしていたが、やがて、意味が分かったのか、ぷっ、と笑い、笑いながら、「ベニ鼻すか」と言うと、

「紅のひと花衣うすくともひたすら朽《くた》す名をし立てずば」

と言った。

赤い鼻やなんかのことを言い触らすな、と言っているのだが、誰がそんなことをするものか。なにも頭の中将が喜ぶようなことをこちらから好き好んでする必要はどこにもない。

「安心せぇ。そんなことは絶対にしない」

と言っていると、女房たちがやってきたので、命婦に、「隠せ」と言った。経済的な援助を

受けている者に衣服を贈る、なんていうのは非常識そのもので、そんなことが知れたら、それこそ姫君の評判に関わるし、それにこんな趣味の悪い服の持ち主だと思われたくない。

箱の蓋を閉め、「本当にすみませんでした。やっぱり、お目にかけなければよかった」と言いながら命婦は退がっていった。

翌日。女房詰所に命婦がいるらしいので、手紙の返事を持っていき、「ほい。返事だよ。あの恐るべき歌の返事なんで、むっさ緊張したわ」と言って投げて渡した。それた。命婦は、ひらっ、と飛んでこれを受ける。身軽な女だ。なにか言いたそうな顔をしているので、もうこれ以上、俺になにも言うな、と、「タタラメの花の色のごと、三笠の山のおとめをば捨てて」と歌うと命婦は、ただちに、姫君とその赤い鼻のことを言っているのだ、と察知し、思わず、「てっ」と笑い、他の女房がこれをみて、「なにを笑ってるの」なんて詮索を始めたので、慌てて立ち去った。命婦は、「わかんないけど、寒い日に赤い鼻して赤い服着てる人がいたんじゃないの」なんつってる。ふざけた女だ。

こっちからは、脇から貰った白い小袖、赤紫の上衣、その他、山吹色のなんやかんやを、例の衣装箱にいれ、三十日の夕方につくように時間期日指定便で送ってやった。

ほいで正月。このところ帝が浮かれていて、実はそのことが私の気分を重くさせているのだけれども、例年の女踏歌《おんなとうか》のみならず、男踏歌もあって、そのリハという名目で宮中全体が浮かれた感じになっていて、ただでさえ浮かれた正月がより浮かれた感じになり、でもいろいろあって芯から浮かれられない俺は、ともするとネガティヴなこと、ある重大事が頭の中将あたりから宮中全体に広がって、宮中某重大事件、みたいなことになりゃあしないか、なんてなことを思い、なぜかその連想で例のベニバナ姫のことも考えてしまって、そうなると、あそこへいかないことによって悪いことが連鎖的に起こるのではないか、あそこへ行かないと俺は破滅してしまうのではないか、という、薬師《くすし》はこういう思いを強迫神経症と呼んでいるらしいが、そんな思いが募ってめでたく明るく、みんなが浮かれている正月にあの陰気な、荒廃邸宅に行くなんてな仕儀になってしまうのはホント身の因果、七日の節会の夜の夜中、さくさくでかけていくと、お。なんか違う。つうのはさすがに正月、年の初め、日の初めあの荒れた家がまるで家のように、ってのは当たり前として、あの人間離れした珍怪なベニバナ姫が、ぱっと見、人間みたいに見える。この調子、この調子、このまま順調にいって、せめて普通の不細工レベルになってくれ。銭はなんぼでも出すから。

なんて希みつつ泊まってあくる朝、明るくなるまでぐずぐずして、潰れた棟の側の戸を開けたら、はは、そちゃ東側、日がぱっとさして、さらには雪がちょっと降ってたから、その雪に反射して部屋の隅まで明るい。

着替えつつベニバナちゃんをちょっと見ると黒髪がいい感じ、年明けてちょっとはマシになったんかいな、と格子を、つっても前のことがあるからみなは開けない、半開け、半ジャッターみたいなことにして開け、座ったときにしんどくないようにする台を支《か》いもんにして半開けの状態をキープしたら、部屋に、古い、どこにいってもいまどきあんまり置いてあらない、それも男もんのアメニティーがぜーんぶ揃えてあって、渋いなあ、と思う。

なんかいいなあ。どうしたんだろう。と思いつつ、でも、次の瞬間、どへあっ。というのは、なんのこっちゃない、ベニーちゃんがいまの女の子らしく見えるのは、私が暮れに送ったお洋服っつうのも妙だけれども、お洋服を着ているからで、なんのこっちゃない、いつもの僕の孤独相撲、てっ。照れ笑いを浮かべ、

「歳も明けたんだからさあ。今年は少しは喋りなさいよ」

と言うと、ベニー、恥ずかしさにうち震えているのか、天然ビブラートのかかった声で、

「さへづる春は……」って古今集に入ってる歌、百千鳥さへづる春は物ごとに改まれども我ぞふりゆく、って歌を歌おうとするのだけれども、それきり絶句してしまっているので、

「歳とってよかったねぇ。言えるようになったやんけじゃん。夢のようですよ。在原業平ですよ。業平橋で行平鍋買って日常的な夫婦の幸福感でも演出しましょか」

と言うと、嬉しいのであろうか、袖で口を覆って笑っている。

その袖から覆いきれず、はみ出る長い鼻。鼻の先の赤い色。無限の哀しみの色。人間の苦患の色。

本人はそんなことになっているとはついぞ気がつかず幸福そうに笑っている。帰りたい。

二条の院に帰り、私がかつて垣間みた真の美、真実の愛の人に連なる少女をみて蘇生した。女になりかけている。けれどもまだなっていない。紅という色はもはや私にとって精神外傷なのだけれども、少女が紅いうちぎを着ているのをみてそれも癒えた。癒し。

大人の女の化粧をしたらますますいい。これってロリコン？　心がちょっと狂ったような感じになる。やばいっすわ。家にこんな子がいるのだから脇に遊びにいく必要なんてないじゃないかあ、と思いつつ、近衛中将、いまに大将になる僕は子供とお絵描き、髪のながーい女の人、目描いて、口描いて、鼻描いて、鼻の先をあかーく塗って、うわっ。厭な気持ちになった。なんでこんなん描いちゃったんだろう。もういいよ。ベニバナはもういいよ、と思いつつ、いかなる変態心理だろうか、自分の鼻を赤く塗ってみたいような気持ちになって、それで実際に塗った。鏡を見ると、猛烈に美しい自分なのに鼻の先を赤く塗っただけで激烈に笑える感じになった。

これは笑かすしかないでしょう、というので、「ほうら、ほらほらほら」と少女に見せると案の定、少女は爆笑、そこで、「私がこんな片輪になったらどうする？」とたずねると、笑っていた少女は眉をひそめ、「それはいやです」というので、形だけ拭く真似をして、「ああ、とれない。どうしよう、とれない。帝に叱られるわ。きゃー」と騒ぐと、「たいへん」と真剣に心配して寄り添って拭ってくるので、「赤いのはまだいいけど、平貞文《たいらのさだふみ》が女にされたみたいに黒い墨、塗らないでね」なんつって抱きしめた。きゃあああ。って、ばかだよ。これがやがて真の美、真実の愛になっていくんだよ。それがいまわかった。

うららかな太陽。梅の蕾み。また春が来る、また春が来た。いち早く咲いている梅があるなあ。この子は早く咲いた梅？　ともあれ僕のなかの紅が癒えてよかった。僕はこれからどうなっていくのだろうか。それは誰にもわからない。ただわかっていることはまた夏になってまた秋になってまた冬になってまた春になる。僕も死ぬ、この子も死ぬ。帝も死ぬ。みんな死ぬ。それだけだ。

先生との旅

家を出る前、ノー、そのずっと前から緊張が続いていた。というのはそらそうだろう私のような愚劣な者が伝統ある即位式に参列して、そのうえ講演をするのだから緊張しない訳がない。そして、なんで盆と正月の区別もつかない、まるで田に群がる雀のような私がそんな栄光の極限のような式典に招待されたのか、まったくまるで訳というものがわからずに混乱のなかで鶴菜鍋のようになっていたとき、事務局の祝田栄美子から春臣笑威先生が私を推挽してくれたらしいということを知らされ、嬉しく思うと同時に、いっそう緊張が高まった。

断ろうと思ったが到底、断れるものではなかった。多くの同業者が即位式にまねがれたいと念願していたし、春臣笑威先生はみなの尊敬を一身に集めていた。つまり、春臣先生の推挽で即位式に出て講演をするなんてなのは、栄誉中の栄誉であって、もしそれを断りなどしたら、なんたら高慢な男だ、不遜な男だ、狷介《けんかい》な男だ、という批判が一身に集まって外身子《はみご》、世間が激烈に狭くなって、その結果飯を食っていかれなくなるからである。

なので引き受けたが、栄えある式典に集まる高位の人たちの前で講演をするような識見はまったく持ち合わせていないうえ、不勉強な私はみなの尊崇を一身に集める春臣笑威先生の著作を一冊も読んでいない。若い頃に一度読みかけたことがあるが、難しくて挫折、それから一度も手にしていないのである。

その春臣先生がなぜ私を推挽してくれたのか。誠に申し訳ないが、おそらくは誤解であると思われる。春臣先生ははっきり言って碩学《せきがく》である。泰斗である。無茶苦茶に頭が良くて無茶苦茶に識見がある。ところが私は業界一のアホである。というか、世間全体のなかでもかなりのアホで、でも先生から見ると私のアホーな仕事が一周回って賢に見えたのだ。

だから身の程を考えて断るべきだったのだけれども、右のような理由で断れなかったし、実は本当の自分の気持ちを言うとうれしくもあった。日頃、小難しいことを言って偉そうにして先生に阿《おもね》っている奴らが選ばれずに俺のような土民が選ばれたのが爽快だったし、それよりなにより、そんな晴れがましい場所で喋るという栄誉に他ならぬ自分が浴したということ自体が滅差うれしかったのだ。

しかし、そんな感情を抱くこと、それそのものが粒選《つぶよ》りのアホである証拠で、それは大相撲の結びの一番で取り組めると言って喜んでいる病弱な小男のようなものなのだ。

ご依頼の件、承りました。と書いたメールを祝田栄美子に送って三日くらい経った後、そのことに気がついた。

しかし、もはや遅かった。いまさら断るのは先生に対しては勿論、事務局に対しても甚大なご迷惑をかけることになるからだ。そんなことで断れないでいるうちにさらに事態が悪化した。

そのことを考えるのが嫌なのでなるべく考えないようにしてギターを爪弾いたりスルメイカを炭火で炙ったものを肴に大吟醸酒を飲むなどしていたところ、祝田栄美子が、講演の題名を早急に言え、と言ってきたのである。その瞬間、私は、なんかしてけつかんのんじゃど阿呆、と思った。だってそうだろう、題名なんてなものは内容・中味が決定していて初めてつけられるもので、それがまったく決まっていないのに題名なんてつけられる訳がない。なのに祝田栄美子は、ポスターを作ったりマスコミに資料を配布したりするので先に題名を言え、と言う。

そんなポコペンな、と怒り狂おうかな、と一瞬は思ったがよくよく考えれば向こうはお旦《だん》でこっちは芸人、言えと言われれば言わなくちゃしょうがないので向鉢巻きで熟考した。ところがニジマス料理やら民芸品のコケシやらモンドコレクションやらといった下らぬものしか頭に浮かばず、ええい、もうこうなったら仕方がない、こうした場合は大吟醸酒かなにかを飲んで意識を変容させるしかない、と考え、板ワサを当てに宵からグイグイ飲んだら、八時頃にはなにか自分が春臣笑威先生と対等の大人物になったような気がしてきて、また、なぜかふざけたような気にもなり、そいで送った講演の題名が、「日本中世におけるポン引きと寺社権門」で、翌日、宿酔状態でメールボックスを見て青ざめた。

はっきり言って私は日本中世のことなどなにも知らない。知っているのは、いい国作る鎌倉幕府、くらいのものだ。あ、後、意志はよろしい勘合貿易、というのもなぜか記憶に残存している。また、子供の頃、日本放送協会で、「新・平家物語」というドラマ番組を放送していて、平清盛役を仲代達矢がやっていた、ということを知っている程度である。

その三つの知識でどうやって、「日本中世におけるポン引きと寺社権門」を語ったらよいのか。僕にはまったくわからない。というか自分がなんでそんな題名を思いついたのかが理解できない。

そこで急ぎ祝田に、あの題名はやめにします、という内容のメールを送ろうと思ったら、ハリャリャリャリャン、という新着のメールが届いたという意味内容の音が響いた。開封すると差出人は祝田栄美子で、題名を確かに受け取った、という事務的な連絡と、自分は日本史学専攻だったので先生（私のこと）がどんな話をされるのかとても興味深いし、うれしい、という個人的な感想が記してあり、ますます題名を変更しなければならないと思ったが、しかし、その際、代わりの題名をなににするのか考えなければならず、それを思案しているうちに、ポスターと散らしのサンプルが送られてきた。

それからの緊張とストレスは激烈であった。仕事をしていても、「日本中世におけるポン引きと寺社権門」のことばかり考えてしまって、まったく前へ進まない。こんなことではいかぬからひとつうまいものでも食べて酒を飲み気を変えようと町へ出て銘酒を飲み御馳走を食べても、「日本中世におけるポン引きと寺社権門」が重く心にのしかかって味がせず酒にも酔わず、ただ不快な腹部膨満感と頭痛が残るのみであった。そしてそのうちに、心に思い詰めていることがつい口から溢れ出て、道を歩いている最中に突然、「うわうわうわっ、法然」と叫んだり、聖蹟桜ヶ丘駅で、「地頭になりたい」と呟いて頭を抱えてへたりこむなど、端から見れば気のおかしい人と少しも違わない、という情けない体たらくと成り果てた。

しかし、私とてなにもしなかった訳ではない。何冊か本を取り寄せて目を通すくらいのことはした。したけれども、専門的な本はいうに及ばず、初心者向けに書かれた本ですら私にはなんのことだかわからなかった。似たような固有名の複雑な縁戚関係にある人とまるで意味がわからない当時の社会制度と何県何市なのか見当もつかない昔の地名といつのことなのかまったくわからない年号が三百年にわたる時間と空間と人物と出来事がグシャグシャになって飛び散って消えた。頭のなかは泥沼だった。

そんなことでもうどうしたらよいかわからないまま、緊張に青ざめ、もし交通事故に遭ったら講演をしなくて済む。願わくば軽めの交通事故に遭いたいものだ、と念願しつつ鞄を抱え、出でいなば主なき宿となりぬとも軒端の梅よ春を忘るな、と歌って馴れぬスーツ姿で日本現代の家を出たのだった。ところが残念なことに交通事故には遭わぬまま東京駅に着到してしまった。

十一時前だった。京都に住んでいる春臣先生、そして、東京から来るのだけれども仲良く並んで座ってお喋りをしながら道中をするほど親しくない祝田栄美子とは午後一時に名古屋駅で落ち合う手はずになっていた。

発車まで二十分ほど待つ感じだったので、ホーム上にあるガラス張りの待合室に入った。席が埋まっていたので窓際の縁に腰掛け、鞄を脚と壁の間に置いて、駅構内に入ってからずっと感じていた、不快感、というより不如意感のようなものの原因がこの鞄にあることを知った。鞄には替えの猿股や靴下といったもの以外に十数冊の本が入っていて、ずし、と重かった。人々が様々な方向に向かいて交錯、互いに譲り合わなければ激突することが必定なれど、そのような意識を持たぬ者の多い駅構内を、うわうわうわ。あ。痛て。わっぴぴゃん。なんつぃつつ歩くにあたって重い鞄というのはきわめてストレスフルな代物であるということをその重みから一時解放されて初めて知ったのである。

置いていきたい。腹の底からそう思った。しかし、替えの猿股やなんかはどうでもよいとして大事な資料本の入った鞄を置いていく訳にはいかなかった。

というのも私は私なりの戦略を一応立てており、それにはこの資料本がどうしても必要だからである。

どういう戦略かというとそれは、ＤＪスタイル、という戦略で、登壇するや、「ポン引き。日本中世におけるポン引き」と絶叫したる後、資料本の一節を朗読する。二頁くらい読んだら、こんだ、別の、本を一頁くらい朗読する。朗読しつつ時折、また別の本の数行をテンポよく挟み込み、また、それを繰り返し読んだり、或いは、本を逆さまに持ち、逆から読むなどする。

その間、身体を小刻みに揺すぶり、ときに感に堪えぬ、といった様子で口を開いて天を仰いだり、目を閉じて頭を振ったり、「タカウジー」「後醍醐さーん」「中世、サイコー」「みんな中世で出会ってるかあ?」と叫ぶなどするのである。

必要はないと思うが念の為秋葉が原に行ってヘッドフォンを買ってきて鞄のなかに忍ばせてある。衣装としての大きな黒眼鏡とティーシャーツとキャップも持ってきた。

もちろん自分とて即位式でそんな馬鹿な真似はしたくはない。しかし、それ以外にどうしろというのか。どんな方策があるというのだ。せいぜいそれくらいしかやりようがないではないか。それに、そうして、いろんな本をＤＪスタイルで混ぜ読みした場合、春臣先生がそうであったように、はっはーん、この主題の後にこれが来たか、とか、ほっほーん、この著者の後にこの著者をぶつけてきたか、とか、ふっふーん、この繋がりはまったく意味が分からないが、よほど深い意味があるのだろう、と勝手に深読みをしてくれる可能性がゼロとは言いきれない雰囲気が醸成されない可能性がないこともないこともない。

そんなことで資料本は私の生命線。自分を置いていってもこれだけは置いていけないのだ。

そう思いつつぼんやり床を見つめていると前に立った若い女性が爪先が豚足のようになった革靴を履いていた。

十一時十分。車中の人となった。畑も飛ぶ飛ぶ家も飛ぶ。飛ぶな、ダボ。と頭のなかで怒鳴りながら本をひらげたがやはりなにも頭脳にうかまない。自分とはなんの関係もない意味不明な文言が紙のうえにおごめくばかりである。とはいうもののたとえ僅かでも知識を集積しておけば多少なりとも現場が楽になるかもしれぬ、というので、アナルファックをする／される、が如き気合いを込めて立ち向かうのだけれどもそうすっとこんだ、アナルファックというものは自分はよく知らぬのだけれども、愛好する人はどんな気持ちでそれを行うているのだろうか、とか、いやいや、いまはそんなことを考えているバヤイではなく、どんな話をするか、例えばどうやって話を切り出すか、ということを考えねばならないのであって、あ。じゃあ、アナルファックを足利義満が非常に好んだ、という話はどうだろうか。その際、足利義満は豚足のような沓を履くのが常であった、と言って、というのはまあ戯談ですが、足利義満がアナルファックを非常に好んだというのはまんざら嘘でもなく、それが証拠に、一条経嗣《いちじょうつねつぐ》の「相国寺塔供《しょうこくじとうく》養記《ようき》」によると、寵童・慶御丸が云々、つって、この本に書いてあることを棒読みするところから始めたらそれっぽいか。でも即位式でいきなりアナルファックとか言うと私の評判が下落するだろうか、といった雑念が頭蓋に湧いて読書に集中できない。

　それでも集中して読んでおくのと高を括って楽勝をかますのとでは随分と結果も違い、そこそこの講演をやって面目を施す→出世をする。立ち往生して恥をかく→業界追放・一生下積、ということになるのであって、ここは一番、どうあっても資料本を読んでおくべき、というので眼光紙背、眦《まなじり》をけっし、つはものが甲冑着て出陣するときのような勢いで取り組んだのだけれども、やはり文字が頭に入ってこない、というのは、しまったことをしてしまった、空腹ゆえである。

昨日の夜は緊張ゆえ、ほとんどなにも食べられず、その緊張を緩和するために清酒を二合ばかり飲んだのみであった。そして今朝も遅刻をしてはいけないと思うから、なにも食べないで出てきた。したところ今頃になってげっつく腹が減ってきてしまったのだ。

春臣先生との待ち合わせは午後一時。ということは祝田栄美子が、みなで午飯をご一緒してから出発しましょう、ではなく、午はこっちを頼らず銘銘随意に食うてこいよ、と考えているということで午飯は車内で済ませておく必要がある。

結構。携帯電話で時間を確認すると十一時四十分。午には少し早いが、東京を出てから少し経った頃に放送で言っておった車内販売というので汽車弁当てふものを購ひ、これを食せば済む話である。そうして空腹の問題を解決したる後、ゆっくりと本を読んで自分自身の識見を高めていけば善いのだ。

そう思って車内販売が来るのを待った。ところが、小田原を過ぎても来ない。静岡くらいになってようやっとそれらしい服装の女が通りがかったが、弁当や飲料の入った台車を押しておらず、かといって、盆や手提げも持っておらず、思い詰めたような目をして無言で通り過ぎるのみで、それからは待てど暮らせど姿を現さない。しかし、いま飯を食べておかなければこの後、即位式が終わるまで食べるタイミングがない。そこで前方の扉を注視し、また、かさ、とでも音がしたら直ちに振り返る、みたいな感じで全神経を集中して後方にも気を配ったが売り子は姿を現さず、ただシャブ中のような感じになっただけであった。

俺はだめなのか。俺はやはりもうだめなのか。そんな気持ちで浜松にいたった、そのときである。後方に気配を感じて振り向くと両の手に飲料のペットボトルが数十本入ったプラスチックの袋を提げた女売り子の姿があった。

もの凄い形相であった。その顔に一片の人間性も読み取ることはできず、ただただ、重い、と感じている剝き出しの感情があるのみであった。髪を振り乱し、白目をむいて、くの字なりに身体を屈曲させ、その重みから一刻も早く解放されようと、脇目もふらずに、タタタ、と小走りに走る姿は近現代の人間ではなく力役に従事する中世の民のようで、いまの言葉で、「もし、ねぇやん」と話しかけても通じるとは思えず、躊躇しているうちに行ってしまった。

それから売り子はまったく現れず、そのうち飢餓状態に陥った。若き頃より何十年も東海道を往復しているが、こんなに売り子が来ないのは初めてである。こんなことなら、ぼんやり豚足を眺めていないで駅で弁当を買っておけばよかった。何度もした後悔をまた繰り返していると、前方の扉が音もなく開いて、先ほどとは別の人間らしい女売り子が弁当、茶、菓子、酒、ビールを満載した台車を押して現れた。

しかし、もはや三河安城を過ぎていた。いま弁当を買ったところで、もう五分もすれば名古屋に着到してしまって半分も食べられないし、大急ぎで食べることになり、口の端に飯粒、歯に海苔が附着しているという浅ましい姿で春臣先生、祝田栄美子に対面しなければならない。私は、鼻声で、お弁当にお茶、と言いながら通り過ぎる女売り子に、心のなかで、なんでもっと早うにきてくれなんだ、と恨み言を言いながらその姿を見送った。

ホームの売店でＳＯＹＪＯＹ二本を立ち食いした。食べ終わってオレンジ色の袋をみると、そのＳＯＹＪＯＹは葉酸という物質を多量に含んで妊婦向き、と書いてあった。

言われた通りに太閤通口を出て左のタクシー乗り場のあたりにいたって時間を確認すると一時一分だった。しまった、と思った。最低でも五分前に到着して先生を待つつもりだったのだが、ＳＯＹＪＯＹなんかをぐずぐず食べていたから約束の時間を過ぎてしまった。

慌てて周囲を見渡した。巨大なロータリーの広場のように幅の広い歩道を人々が愉しげに歩いていた。横縞の服を着た男、ビニールの上着を着た男、作業服姿の黒髪の女、白ブラウスに格子縞のチョッキ、黒スカートをはいた店員のような女たちも、みな、東京駅とは違ってゆるやかな感じで歩いていた。広場を切り裂くように斜めに横切っていく黒衣の僧の列があった。

先生はまだいらしておらないようだった。それはとりあえずよかったが、おかしなことに祝田栄美子もまだ来ておらなかった。立場上、祝田栄美子は早めにきて私たちを待っているべきで、にもかかわらず約束の時間を過ぎても来ないというのはどういうことだ。

気を悪くしながら暫く待ったがやはり二人とも来ない。時計を見ると一時十二分だった。これにいたって初めて、ことによると自分が場所を間違えたのかも知れない、という可能性があることに気がついて凍った。そしてその直後、というか場所は合っているのだけれども、日にちそのものを間違えたのではないか、という可能性に思いいたって倒れそうになった。

このところずっと「日本中世におけるポン引きと寺社権門」のことで頭のなかが一杯で、なにをやっていてもうわの空、単純なミスを繰り返しており、例えばメールのやり取りで決定した日程を予定表に書き写す際なども絶えず、「どないしょ。日本中世、どないしょ」という思いに追い立てられながらやるものだから、間違った日程を書き込む、或いは、正しく書き込んでも間違って記憶して、結果的に約束を違えてしまったことが何度かあったのである。

顔面からみるみる血の気が失せていくのが意識せられた。慌てて手帖をとりいだし、確認をした。日にちも場所も合っていた。しかし、誤記がなかったとは言えない。どないしょ、どないしょ。そうだ。とりあえず、祝田栄美子に電話をかけて確認してみよう。怖いけれどもそうするより他ない、と携帯電話をひらげて、自分宛のすべてのメールを携帯電話に転送していることを思い出した。

検索の文字列を打つ手ももどかしく祝田のメールを確認した。あっていた。日にちも時間も場所も合っている。じゃあ、なぜこないんだ。時刻はもはや一時二十分近くになっていた。

もしかしたら見捨てられた？　という考えが頭に浮かんだ。なにかの拍子で私が実はアホだということを先生たちが知ってしまって、あんな方に即位式で講演させたらこっちが恥をかきます。やめさせましょう。先生がそう言うと栄美子が言う。私もそう思いますが、でも先生、もう告知をしてしまっています。かまいませんよ。急病とでもなんとでも言えばいいでしょう。もとより私は高潔な人間でそういう嘘のようなことを激しく憎悪するというかそういうことを根底から滅ぼしたいと痛切に願ってはいますが、かといって即位式を瀆《けが》すわけにはまいりませぬ。ですよね。じゃあ、やめさせましょう。ええ、大丈夫です。太閤口に一時と言っておきましたんで、私たちは桜通口で落ち合ひませう。わかりました。じゃあ、桜通口で会いましょう。ごきげんよう。よろしくね。こちらこそよろしくお願いします。といったようなやりとりがふたりの間でかわされて、それで俺はここでスッポンをかまされている。

というのは私にとってきわめて屈辱的なことだが、しかし、その一方で、もしそうだったら逆に気が楽だ、と思う自分を自分のなかに見いだしてもいた。もちろん、春臣笑威先生にアホだと思われるのは悲しいし、祝田栄美子に、ナーンダ、と思われるのも業腹だ。けれども高位の貴顕が集合する即位式で、無知無学を晒すよりはよほどマシ、というか、この、絶え間のない焦燥感から解放される。

そうしたら僕はとてもうれしい。アホと言われようとなんといわれようとかまわない。重い軛から解放されてハッピーだし、ラッキーだ。そうしたらどうしようか。まずはこの腹の減りをなんとかしたい。いまでもあるのかどうか知らぬが、もし、いまもあるようだったら若い頃、何度か行ったことのあるエスカ地下街のうどん屋に行き、味噌煮込みうどんを貪り食って自由を満喫したい。腹がくちくなったら、名古屋のお城を散策、たまたま通りがかった脳科学者に私家本を売りつけるといったようなことをしてみたい。というか、それが実際にできる。災い転じて福と為すというのは、こういうことをいうのだろうか。

と思っていたそのときである。私はそのときタクシー乗り場を背に駅の建物に向かって立っていたのだが、駅の方から明らかに周囲から浮き上がって見える男性が歩いてきた。

年の頃は……、わからない。四十代にもみえるし、六十代にもみえる。才槌頭。ぼさぼさの頭髪も蓄えた顎髭も半ば白く、頬は鋭くこけている。金縁眼鏡の奥に、ぱっと見るとやさしいように見えて、世の中のすべてを見切っているような透徹した、ところが同時に諧謔味のようなものも備えつつ、しかし、その奥底には無限の悲しみをたたえているようで、同時に抜け目なく周囲を観察しているような、でもそこに慈愛とかも秘めているみたいな眼差しが光っていた。身の丈は五尺七寸くらい、目方はせいぜい十四貫、鶴のように痩せた身体にブルーのデニム、白シャツ、グレイの上着を羽織り、普通の人間が左右の様子を窺いながら歩けば、いかにも土地不案内できょろきょろしている、という感じになるのだけれども、同じようにしながらそんな感じがまったくしない、いわば、きわめて気さくな皇帝が肩の力を抜いて閲兵している、といった感じで歩いてきたのである。

間違いがない。春臣先生は写真嫌いで、もちろんテレビなんてものには出ないから、お顔を拝見したことはないのだが、どう考えても春臣笑威先生である。ということは先ほどの、講演やんなくていいかも、という淡い期待は裏切られたことになるが、それはまあ仕方がないとして、それよりなにより、早く先生に挨拶をしなければならない。そこで先生のところに駆け寄り、春臣先生、と声を掛けたところ、急に立ち止まった先生は驚いたような顔をされた。無理もない。春臣先生のような偉い方が私みたいな、失敗した鮒寿司のような人間の顔を知っている訳がない、そこで、「初めてお目にかかります。間宮田考と申します。本日はよろしくお願い申し上げます」と言って頭を軽く下げたら、ああ、じゃあ、君が……、と仰っていただき、うれしくなってさらに深く頭を下げた私を先生は突然、抱きしめ、いやー、会いたかったよ、と仰った。

先生はハグをしてくださったのだ。

営業マンのようにズボンの縫い目に沿ってまっすぐに指を伸ばし最敬礼している男とハグをしている男というのは傍目にはどう見えるか。もしかしたら滑稽な感じに見えるかも知れないが、そんなことはどうでもよかった。私は猛烈に感動していた。なんという優しい先生なのだろうか。普通、あれくらいの権威になればハグどころか握手すらもってのほかで、こっちが最敬礼するのに、高ぶる訳ではないだろうが、はーい、はーい、と意味不明な感じで口のなかで言うだけだ。

にもかかわらず、ハグ。しかし、僕は日頃から先生にハグをする習慣があるとは思わない。おそらく先生は、あの透徹した眼差しで私が極度に緊張していることを察して、それをほぐすために普段しないハグをしてくれたのだろう。これに対して私はどうするべきだろうか。普通に考えれば、ただちに最敬礼をやめてハグに切り替えるのが礼儀だろう。けれども私はあえてそうしなかった。もちろん、そうすれば逆に簡単と言うか、私が先生に敵意や害意を持っていないのは当然として、尊敬にプラスして親愛の念、のようなものもあるということになって、先生との精神的な距離が、グン、と音を立てて縮まるに違いない。

　けれどもそれは先生が先生の方からハグをしてくれたからこそ成り立つ行為であって、私はそれに甘えてはならないと思うのだ。そのとき私はあくまでも一線を画して、先生の優しさに甘えることなく最敬礼を続け、いえ、私は先生にハグをしていただくような人間ではありません、と申し上げ続けるべきなのだ。

　もちろん、そのことによって先生が困惑なさるというのはその通りだ。だってそうでげしょう、先生ほどの方が僕のようなミノムシ並の知能しか持ち合わせぬ男の地平にまで降りてくださってハグしてくださっているのにミノムシの側でそれを無視するなんて普通はあり得ない。

　しかし、ミノムシにはミノムシなりの理窟があって、ミノムシ側の都合で先生にミノムシ並になっていただく訳には参らない。私がここで最敬礼をやめてハグをしかえせば、たとえ一時的にであれ、先生をミノムシの位置に置いてしまうことになる。そんなことは僕は死んでもやりたくない。

　なので私は最敬礼を続けた。もちろん、それによって先生は御気分を害されるに違いない。そりゃそうだ、激烈に偉い自分がわざわざミノムシの地平にまで降りていってやったのにそれを無視するとは何事だ、とお感じになるに違いない。そのとき僕が想起したのは三島由紀夫という人の書いた、『奔馬』という小説の一節である。そこには、忠、とはなにか、ということが書いてあった。それによると、忠とは、「自分の手が火傷をするほど熱い飯を握って、ただ陛下に差上げたい一心で握り飯を作って、御前に捧げること」であるらしい。そうしたうえで天皇陛下がその握り飯を召し上がらなかった場合はもちろんのこと、御嘉納賜った場合も腹を切るというのが忠であるというのである。

もちろん私はミノムシなのでいまここで腹を切ることはできないが、その精神は理解できるし、少しでもその境地に近づきたいとは思っている。

なので私はハグをしかえさないで最敬礼をし続けた。

したところ、なんとお優しい先生なのだろうか。そこいらにいる凡百の先生なれば、師弟の見境のつかぬ奴、かなんか言ってプンプン怒り出すところを、先生は少しも怒らず、暫くの間、そのままハグを続け、そして、そっとハグを解いてくださったのだ。私はこのままずっと頭を垂れていたかったが、それもおしつけがましい感じがしたので頭を上げた。

でも改めて間近に見る先生のお顔が眩しく思わず知らず視線を逸らしてしまった。しかし、私はもはや若い男ではないし、まして娘でもない。ミノムシといえども、社会的にはいいおっさんで、はにかんでいれば周囲がなんとかしてくれる訳ではないし、そんな態度をとるのは先生に対して失礼というものだ。そこで崇敬の念に由来する気後れ・遠慮を無理から打ち消して、

あえて狎れた・うち寛いだような、下手をしたら無礼スレスレみたいな図太い声調・態度・物腰で、

「いやあ、先生、どうもこの度はお引き立て賜りまして、わっちは、なんて、すみません、あの、僕、わっちなんて一人称を言うということは普段はないんですけど、すみません、照れちゃって。わっち、とか変ですよねぇ？　すみません。まったく他意ないんですけど、なので、あの、普通に申しますと、僕、今回、栄えある即位式で講演させていただくことになって、マジうれしかったんですよ、ほんと、声かけていただいて、ありがとうございます。今日はよろしくおねがいします。マジで」

と言ってしまったのである。

言いながらひどいことを言っていると思った。ならばやめればよいようなものだが喋っているうちにそんなことになってしまったのだ。私は私のなかで私とは別の、しかし確かに私であるなにかが哭く声を聴きながら喋っていた。

しかし、先生はそれでも怒らず、ニコニコ笑っておらっしゃった。どこまで度量の広いお方なのだろう。こういう人がもし皇帝で、その皇帝が君臨する御国に暮らす万姓はどんなにか幸福だろうか。先生。ぜひとも私たちの王になってください。むしろ先生が即位してください。そのためだったら私はなんでも、どんなことでもいたします。私は瞬間的にそんな気持ちになり、陰茎の周辺に奇妙な熱と痛みを感じていた。

そんなくだらない私を笑いながら見てくださっていた先生がおもむろに仰られた。

で、今日はどんな具合なんですか。

「はい、お蔭さまで迚《とて》もいい具合です」

咄嗟にそう答え、直後、発火した。先生はそんなことを聞いたのではない。今日、この後、どういうスケジュールになっているのか、とお尋ねになったのだ。それを自分のことと勘違いしてしまった。まったく私ときたらどこまで幼稚なスルメちゃんなのだろうか。我がことながら呆れ果ててしまうが、ここで自分の呆れに沈淪するわけにはいかぬので気を取り直し、「そうですね。私もよくわからないんです。祝田さんにすべてお任せしてましたんで、把握してないんですけどね、でもおかしいですよね、まだ祝田さん来てないんですよ」と、やや太めな感じで言った。したところ先生は、驚いた、本当に驚いた、という先生らしからぬ、なんらの学問的なエフェクトもかまさない素の声で、えっ、と仰られ、そのことによって私はもっと驚いて陰嚢が冷えて小さくなり、思考の流れがざく切りになって、粒状に展開してグラターン料理みたいになっていたが、それでも黙っているのは失礼と思うから、ときに、あっ、あっ、と呻きながら、

「おっかしい、ですよねー、場所とか、そうですよね。時間とかもそうですよねぇ。普通だったら祝田さん先に来て待ってますよね。それがないということ自体が奇妙です。僕はもう実は先ほどからおかしいなと思ってたんですが」

ととにかく喋ったのだけれども、先生は不機嫌な様子を隠さない、どころではない、さきほどまでの優しいお貌《かお》とはうって変わった、まるで鬼のような顔をなさっていらっしゃって、切腹寸前にまで追いつめられたが、しかし、悪いのは祝田さんであって私ではないし、私がここで切腹したら、まるで先生がパワハラをしたかのような感じにマスコミ報道とかがなされる可能性もあり、かえって先生にご迷惑をかけることになるし、即位式にも当然ながら影響が及ぶに違いない、ということに思いいたり、切腹はしなかった。

しかしなにもしないわけにはいかず、どないしょ、どないしょ、と焦るうち、ようやっと日本現代には電話というものがあることを思い出し、ほんと、おかしですね、おかしいですね、ではなく、舌足らずにおかしですね、僕、ちょっと電話かけてみますね、と断って電話を取り出した瞬間、電話がブルブル震えたというのは誰かが電話をかけてきたという合図に他ならず、この忙しいときに電話をかけてきくさった間抜けはどこのどいつじゃ、と液晶表示を見ると電話をかけてきたのは祝田栄美子その人であった。

取り乱していた。あいさの祝田は、その文化事業という、いかに銭を儲けるかというよりはいかに銭を遣うか、という業務内容ゆえか、年若に似合わず鷹揚というか落ち着いているというか、少し舐めたような態度・物腰なのだけれども、極度に焦って、あのあのあわあわ、みたいな感じになっていた。

というのはでも無理のない話で、祝田は、先生と私が既に名古屋にいたのにもかかわらず、当人はいまだ新横浜あたりにいる、と言うのであり、はっきり言って無茶苦茶な話である。なにを無責任なことを言っているのか。思いつつ話を聞くとしかし祝田が遅れたのは致し方のない話であるということが分かってきた。

どういうことかというと、祝田が時間通りに来られなかったのは、寝過ごした、とかそういうことではなく、強盗にあったためであったらしいのである。

午前十時二十分頃、祝田は自宅を出て最寄り駅の西荻窪に向かって歩いていた。したところ突如として物陰からひとりの外国人の男が飛び出してきて、栄美子がぶる提げていたバッグをひきたくった。バッグには即位式を簡単に記録するためのビデオカメラが入っていた。

祝田栄美子は、ぎゃあああ、と叫び、通行人が外国人の男を取り押さえた。栄美子は、すみません、すみません、と被害者なのに謝った。誰かが通報したとみえ、すぐに駅前の交番所より巡査がやってきて男は現行犯逮捕された。

そこまではよかったのだが、やってきた巡査が、こんだ、調べ書きを作るので交番所まで来らっしゃい、と言い出した。もちろん祝田栄美子は、この後、予定があるのでいかれない、と断った。しかし、巡査は執拗に、来らっしゃい、と言ってきかず押し問答をしているうちに予定していた列車に乗れなくなってしまった。

ああ、そうですか。そら災難でしたねぇ、と竜頭蛇尾、最初は先生の手前、なんさらしてけつかんのんじゃ、ど阿呆、と怒鳴るということはしないまでも、いったいどうなってるんですかねぇ、と嫌味たっぷりなネチネチした口調で追い込みをかけてやろうと思っていたのだが、事情を聞いたらそうもいかず、半ばは同情するような口調で言うと、祝田は先生と二人でタクシーに乗って会場に向かってくれ、と言い、まあ、そうするより他ないので、わかりました。と言って電話を切り、先生に事情を説明したら、先生の様子がおかしくなった。

先生は、ううっ、ううっ、と獣じみた唸り声をあげていた。指は奇怪にねじ曲がり、つま先立つようにして立って、弓なりにのけぞっていた。顔面は真っ青で、首の後ろが異様に膨らんでいた。

怒っていらっしゃるのだ。

もちろんその獣じみた怒り方は碩学・泰斗でいらっしゃる先生らしくないものだ。しかし、それこそがお優しい先生の素直な心の現れではないか、と私は思う。

つまり、普通の碩学であればこうした場合、もっと端的に言葉で、ダメじゃないかー、とか、君らはなにをやっとるんだ、とか、人によったら、僕を誰だと思っているのだ。僕は碩学ですよ、とか、おまえを干してやる、なんていうに違いない。

けれども先生はお優しい。そんな風にして怒ったら相手の心が回復不能なまでに傷ついてしまう、ということを知っておられるのだ。だからああやって怒りを内向させておられる。そして私は涙ぐんでしまった。先生のような方が我慢をなさる必要はない。いっそ私に向かって怒りを爆発させてくだされればよいのだ。ええいっ、ここなうつけ者めがっ、と怒鳴って傘で叩きのめして溜飲をさげてくだされればよいのだ。

先生。先生はそんな我慢をなさる必要はございません。どうか存分になさってください。存分に私を蹂躙してください。私は先生にそう申し上げるべきであったが言えなかった。なぜなら、私はただ先生が恐かったからだ。そんな獣じみた先生が恐ろしく、先生が本来的に持っていらっしゃる威力に圧倒され、押し潰されそうになっていたからだ。

だから私は逃げた。先生のそんな怒りを真正面から受け止めないで、もちろん巫山戯《ふざけ》てはいない、巫山戯てはいないが、そのことに対して正面から向き合わず半身な感じの口調で、

「いっやー、凄いっすよね」

と言ってしまったのだ。言ってしまってから、なんなんだよ、この若僧みたいな口調は。と、思ったが、ここで口調を改めれば、いかにも心がないというか、相手によって喋り方を自在に変える口舌のともがら、口先だけのベンチャラ野郎、と先生に思われてしまうと思ったからだ。

いまのところ私は先生から高い評価を頂いている。勿論、それは先生の唯一の誤りで、早晩、先生はそれが誤りであったことにお気づきになるだろうけれども、私としては先生がそれを知るのを少しでも遷延したかった。それが間違いであっても先生に愛されているという幸福を少しでも長く味わっていたかった。なので、そんな口調でその場を取り繕おうとしたのだ。私はなおも適当な口調で、んなことでじゃあ取りあえず私たちだけでいきましょう、と言い、そして愕然とした。

どうせ祝田栄美子が案内するのだから、と高を括った私はメールで送られてきた即位式会場の場所や宿をまったくメモしないでぶらぶらここまでやってきており、つまり私はこれからどこに行けばよいのか、まったくわかっておらないのだ。メールは携帯電話に転送されているので、携帯で確認できそうなものだが、祝田は、会場に関しては本文と別の添付ファイルの形で送ってきていて、容量の関係からか、本文のうえに添付ファイル削除と書かれており、携帯電話からは読めなかった。

というと、私が極度に適当で傲慢な男のように聞こえるが、普段であれば私もメモくらいはする。しかし、今回は、日本中世におけるポン引きと寺社権門のことで頭が一杯でそれどころではなかった。そして、念の為、ファックスもお送りしましょうか、という祝田に、そうしてもらえばメモしなくとも大丈夫だったのに、そんなものをおくられても資料やメモが山積みになった机の上でどこにいったかわからなくなって役に立たないので送ってくれるな、と断ったのも私だが、それも、日本中世におけるポン引きと寺社権門で頭がござっていたからだ。

なので私が場所が分からないままここまで来てしまったのは仕方のないことなのだけれども、真っ青になってブルブル震えている春臣先生になんといったらいいのだろうか。祝田が遅刻する、ってことはまあ基本的には悪いのは祝田なので適当な態度で向き合わないで取り繕う、誤魔化す、こともできるけれども、行き先もなにもわかっていないのはすべて私の責任だ。もうどうしようもない。この時点で私は腹をくくった。先生の威力によって押し潰れて死のう。死んでお詫びをしよう。そう思ったのだ。私は春臣笑威先生に言葉を改め、「先生。面目次第もございません。私は自身の人間としての能力の低さを主たる理由として、会場の場所や宿泊先を転記しないまま来てしまいました。いますぐに祝田さんに電話をかけ、場所を確認いたしますので、あちらのカフェーで暫時休息していただけないでしょうか」

と申し上げた。しかし、先生の怒りはやまない。やまないどころか、ますます激しく震え、ますます唸り始めた。私は鞄をそっと地面に置いた。土下座をしようと思ったのだ。こんなところでそんなことをされたら先生はご迷惑、しかし、極度に思い詰めていた私はそんなこともわからなくなっていた。

膝を曲げ、しゃがんだ、そのとき先生が、僕、ちょっとトイレ行ってくるからね。と仰られた。「ああ、はい」咄嗟にこたえたものの私はそのまま立ちあがることができず、暫くの間、コンビニエンスストアーの前で座り込んで人生の時間を浪費しているダメな人のように座って揺曳していた。

先生がなかなか戻ってこなかった。伸び上がってあたりを探した。極度に短いスカートを履き、下穿を丸見世にしている若い女。リュックザックを背負いあちこちから紐を垂らした若い男。上から下まで同一の服装で顔だけ違っている二人連れの女。銭に追い回されて疲弊しきった男。社会を恨んでいるみたいな顔で重荷を運ぶ男。売笑婦。上りさんなのだろうか、馬鹿みたいな顔で伸び上がってきょろきょろする初老の豚足履きの男。なんて有象無象が行き交っていたが、先生の姿がどこにもみえない。馬鹿に愛想を尽かして帰ってしまわれたのか。もしそうだったら私はどうしたらいいのだろうか。修善寺に行って自ら睾丸を破砕するしかないのだろうか。

俯いて睾丸を揉み、気配を感じて目を上げると先生がいらっしゃった。先生は、豆が発狂したような勢いで立ち上がり、あのあの、と言う私を制するように仰られた。

場所は僕が知ってるからね、心配しなくていいですよ。

さっき真っ青になって震えておられたのが嘘のような、きわめて穏やかなお優しい声だった。ちょっと鼻に抜ける声をお優しく感じた。

胸が詰まってなにも言えなかった。先生はトイレに行くなんて嘘を言い、少し離れた所で一人になって怒りを鎮めて戻ってきてくだすったのだ。なんて、なんてお優しい、と思って涙がこぼれそうだった。思わず、先生、私はそんな先生の思っているような人間ではありません。豚足を履いた馬鹿にも劣るクレイジーなただのキムチチャーハンです。そう告白したくなった。でもそれをしてしまえば先生に恥をかかすことになる。このとき私は真に、どんなことがあっても、たとえ卑劣な嘘つきになったとしても、日本中世におけるポン引きと寺社権門ＤＪスタイルをやり遂げよう、と決意した。それが先生のご恩に報いることなのだ。

だから涙を鶴に堪え、敢えて明るくバカ兄ちゃんみたいな感じで、「あ、じゃ、お願いしやっす」と言った。先生は、うん。と仰られた。

先生の雇われたタクシーは普通のタクシーではなく、ジャンボタクシーといって、座席のゆったりとしたタクシーで、足をうんと伸ばして座ることができた。もちろん先生の前でそんな非礼なことはしないが最大限に座席を倒せば、半ば寝たような恰好にもなれる。こんなタクシーを雇ってくださる先生のお優しさ、はっきりいってスゴイ。そう思った途端、こんなことを言ったら近藤さんに申し訳ないが、なぜか私は世界中の近藤という人を殺戮したいような気分になった。近藤は混同に通じるからなのか。私は私の脳を棄てたくなった。

一時間くらいで着くからね。その間、いろいろ話しながら行きましょう。僕はね、君と話してみたいと以前から思ってたんだよ。

運転手に私の知らない行き先を告げた後、先生が仰られ、私は極度に緊張した。そして、慌てて携帯電話を取り出して電源を切った。先生の貴重なお話を伺っている最中に電話が鳴る。そんな非礼なことはないと思ったからである。

そのうえで先生のお言葉を待ったが、先生はなにも仰られない。黙って前を向いておられる。前を向く。凄いことだ。私なぞはバスや電車に乗るとすぐに横を向いてしまう。横を向いて窓の外を眺め、あ。あそこにラーメン屋がある、うまいのかな。お、ええ女が歩いているな。あんな女とサカサクラゲにしけこんで細川頼之《ほそかわよりゆき》について語り合いたいものだ、なんて気を散らし、ただでさえボンボラな頭をさらに取り散らからせているが、先生は黙って前を向いて思索をされている。

　ここは先生を見習って前を向いていよう。露出度の高い衣服を着た、いい身体の女が信号待ちをしているが、敢えてそれもみないで！

　決意して前を向いていると、タクシーは駅を抜け、金融屋やラーメン屋が並ぶ一角をワンブロック進んで左に曲がり、オフィス街のようなところをワンブロック進んだら、こんだ右に曲がり、いろんなものを混淆したような街衢《がいく》を暫く走って都市高速に入った。それまで先生はただの一言もお発しにならず、私は不安な気持ちになった。なにか、粗相があったのだろうか。御気分を害するようなことをしでかしてしまったのだろうか。いや、そんなはずはない。私はただ黙って前を向いていただけだ。

　と、思った瞬間、それがいけなかったのだ、ということに漸く気がついた。まったく俺ときたらどこまでナナフシなのだろう、私が黙っているということは、先生の方から私に、最近、調子はどう？　とか、食べ物ではなにが好きなの？　と話を始めない限り会話が始まらないが、当然、そんな下賤なインタビュアーみたいな真似をなさるわけがなく、というか、私の方から話しかけなければならず、先生は内心で、この男はなにを偉そうに黙りこくっているのだ、失敬な男だな、どうも。と、思っておられるに違いない。私は慌てて先生に話しかけたが、しかし、咄嗟だったので馬鹿な、無教養な男が得意先に意味のない接待を必死になってしているみたいなことを口走ってしまった。私は、「やっぱ、先生はあれですか、講演とか、けっこうなさるんですか」と、口走ってしまったのだ。

講演とか、とか、ってなんだよ。けっこうなさる、ってなんだよ。言った直後に、ああ、こんなこと言わなければよかった。完全なばかだと思われた、と後悔したが、お優しい先生はこんな愚問にも真面目に答えてくださった。先生は仰られた。

うん。講演はけっこうやるね。昨日も統一宗教者会議っていうのがあってなぜか僕が基調講演をやらされました。モレガ・アジシャンジーが来るっていうのでね、彼女が初めて日本に来たとき僕が大利因摩と引き合わせたんだけれども、それが統一宗教者会議の始まりみたいなものでね、だから初台にも磯原さんなんかもアレアレアレって感じでやってくるし。ああいうのは節々からみえていきますしね。

ただ、ひたすらに悲しかった。先生は、統一宗教者会議という会議のことも、モレガ・アジシャンジーのことも、私が当然、知っている、という前提で話された。それはそうだ。即位式に来るような立場の人はそれくらいのことは知っていて当たり前なのだろう。しかし、そこで講演をする私がそれを知らないのだ。私は、ああ、そうなんすか。と、しか答えられないのだ。せっかく先生がお話ししてくださっているというのに私ときたらなんという張り合いのない小倅なのか。それがただ悲しかった。しかし、傲然と黙ってはいられない。私はまた言った。言ってしまった。「そしたらやっぱりあれですか、原稿とかもけっこう書かれるんですか」って。

馬鹿なことを聞いたものだ。聞いた瞬間、自分の馬鹿さ加減にまた泣きたくなった。しかし、じゃあ、もっと内容のある質問ができるのか、というとそれもできず、しかし、黙っていたら傲然とした感じになってしまうので、そんな馬鹿な質問をするより他ないのだった。

もちろんお優しい先生はそんな馬鹿な質問にも答えてくださるに違いないが、先生にそんなご負担をおかけする不甲斐ない自分に腹が立つ。なんて自分を責めていると、先生は、僕は原稿なんか書かないよ。そんなものは書いたことがない。と、固い声で仰られ、横を向いてしまった。

なんということをしてしまったのだろう。御気分を害されてしまったのだ。でもなにがいけなかったのだろう。原稿という言葉がいけなかったのだろうか。

申し訳ありませんでした。呟くように言うのがようやっとだった。再度、話しかけるなんて到底、無理だった。ろくに会話もできない馬鹿で傲慢な奴。そう思われた。また、実際そうなのだから仕方がない。というか、「日本中世におけるポン引きと寺社権門・DJスタイル」をやればどうせわかることなのだ。賢いのに馬鹿だと思われたら怒ればよいが、馬鹿だから馬鹿だと思われたのだ。怒る必要はない。泣き濡れてジャンボチャーハンを食べておればよい。

そうなるとかえってすっきりしたような気持ちになり、横を向いて窓の外の景色を眺めた。低い山が幾つも連なってところどころに山肌が露出しているようなところがあったり、遠くに鉄橋のようなものがかかっていたりした。見ているだけで嫌な気持ちになる中途半端な自然の風景であった。

　このあたりは昔から焼き物がさかんでね、ほら、ああいう風に山肌が露出しているのはみんな土をとっているんですよ。さっきまでと山の具合がぐっと変わりましょう？　地形がいちいち歴史的に頷いていている。

　驚いた。氷河にひとり置き去りにされたみたいな捨て鉢な気分になっていたところへさして、先生の方から話しかけてくださったのだ。ありえない。でも、ありえた。このありえを大事にしなければならない。そう心の底から思うと、「本当に歴史と連なっているような風景ですね」と、まずまずの受け答えをすることができ、先生も、うむ。と頷いてくださった。

　ところで。

　と、急につやつや光り出した山並の道にいたって先生は太い声で仰られた。

　君は、お午は済んだの。

　言われて午をろくに食べていないことを思い出した。先生も召し上がっていらっしゃらないのだろうか。だとしたら大変なことだ。私は慌てて尋ねた。

「実はまだなんですが、先生はお済みじゃないんですか」

　うん。ちと食べそびれてしまってね。

　まだ、時間があるようだからクルマを停めてそこらでなにか食べようじゃないか。と仰るのだと思った。ところが違った。先生は、ぢゃ、ちょっと失礼して、と仰られると、かがみ込んで足元の鞄から、ビニールの包みを取り出し、上辺を手で破りとり、なかから白い肉の塊のようなものを取り出し、左手に袋を持ったまま右手にこれを持ち、いきなりかぶりついた。

豚足であった。拳大の肉の表面はてらてら光り、皮が三段に弛んでいた。先端の爪が二股に割れているところが瘢痕のようになって黒ずんでいた。既に味付けがしてあるらしく、茶色くてベトベトしていた。裏から見ると肉でできた埴輪のようにもみえた。左手に持ったままのパッケージ袋には、味付とんそく、真空高熱殺菌、とか書いてあった。

これにかぶりつく先生はなんだかけだものじみて、先生だからというのではなく、みてはならない人間の生な姿なような気がして、私は不自然に横を向き、まったく興味をもてない、露出した山肌を眺めた。

けれどもやはり気にはなるので横目でチラチラ見ると、一本目を食べ終わった先生は僅かな肉のこびりついた骨を床に棄て、二本目を取り出して食べ始め、半分ほど食べると、今度はまだたくさんの肉が残っている豚足を床に棄て、それから空になった袋も床に棄てた。袋にはだし汁のような汁が入っていて、ここからは見えないけれどもフロアマットがだし汁まみれになったはずである。

思わずバックミラーに映る運転手の顔を見た。

運転手は真っ直ぐ前を向いて運転をしていた。

それから横目で先生の方を見ると、フロアマットもベトベトになったが、先生の手もベトベトになったらしく、両の手を半端に開いて困惑しておられる様子だった。

ベトベトの手で隠しから紙や手巾を出そうと思ったら衣服が汚れるし、もし紙や手巾が鞄に入っているのであれば、先生の鞄が豚足の出汁と脂で汚れてしまうのである。

もちろん私が紙か手巾を持っておれば貸して差し上げるのだけれども、私は小学校の低学年の頃、学校サイドに、紙と手巾を常時、携行するよう強要され、それ以来、紙も手巾も持つのがすっかり嫌になってしまい紙や手巾を持って歩かない。

運転手にそう言って、紙を貰おうか。しかし、この際、迷うのは、もしかしたら先生はこのことを自分自身で密かに処理しよう、と考えていらっしゃるのではないかということで、それを、「うわあ、センセ、手ェ、べとべとですやん」と、大声で野暮なことを言って、ことさら事を大きくするのは、どうだろうか、と思わないこともないからで、思案していると、先生が様子を窺うような横目で私をみた。慌てて横を向き、さも風景に見入っているような体でこちらも様子を窺った。

先生は、不自然に前を向いたまま、両の手をそろそろ右に伸ばし、私の上着の裾でこれを拭われた。

私は極度に混乱した。先生ともあろう人が、なぜこんな姑息なことをするのか。

先生、私は先生が、「おい、手が豚足の脂でべとべとになったから、貴様の上着で拭いてもよいか」と言われれば、喜んで、「どうぞお拭きになってください」と申しますよ。まあその後、「でも運転手に紙を貰うこともできますよ」と付け加えるでしょうが。なのに、先生はこんなことをなさる。その真意が私にはわかりません。心の裡でそう言って、あっ、と思った。先ほどのモレガ・アジシャンジーもそうだし、風景の歴史的意味も私にはわからなかったが、先生のなさることなのだからやはり深い歴史的な、または宗教的な意味があるのかもしれない。っていうか、あるに違いない。例えば、師が弟子の服を汚す、という行為自体が、私が知らないだけで有名な神話かなにかの反復なのではないだろうか。

師が弟子に自らの汚れを移す。そこに重要な歴史的、宗教的意味がある。もちろん弟子は師が自分の衣服で汚れた手を拭いていることはわかっているし、師は弟子が気がついていると知っている。けれども互いに気がついていない振りをする。なぜならそれは儀式だから。そして、春臣笑威先生の汚れを受け取ったものというのは、まだ数人しかいない、といったようなことなのじゃないだろうか。ということは、そうか。もしかしたら豚足ということにもなにか重大な意味が込められているのかもしれない。汚れた豚の足の脂で汚れた人の子の指、という二重の汚れを拭う、ということ。そんなことを先生は無言でメッセージしたのだ。

黙って気がつかない振りをしてよかった。本当によかった、と思った。そんなことも知らないで、軽い調子で、やめてくださいよー、センセー、なんて言っておったら、自分が恥をかくばかりではない、先生の満腔の厚意を無にするところだった。危ういところだった。

ほっと胸を撫で下ろし、しかし、この気持ちを口にすると秘儀の意味がなくなってしまうので黙って、黙りこくって横を向き、景色を眺めていた。

いつしかクルマは高速道路を出て国道を走っていた。道路沿いに色の褪せたような、餃子屋、パチンコパーラー、中古車屋、石材屋、家具屋がポツポツ並んでいた。どの店もバカでかく、心に烏賊の腐臭が堆積していくような寒々しい景色だった。バカでかい焼肉屋やバカでかいラーメン屋もあり、極度に腹が減った私は、焼肉でも餃子でもなんでもいいから思う様、貪りたい、と、心の底より思っていた。


一足す二はいくつだと思いますか。

先生が唐突に仰られた。思わず見た先生のお貌。お髭に豚の脂が附着していた。また、新しい、問い。私は真っ直ぐに答えた。

「三だと思います」

そうだ。三だ。しかし、現実にはそうならない。なぜなら、現実には純粋な一、純粋な二、というものがないからだ。一というラーメンはない。一杯のラーメン、といって杯というものが必ず付く。一軒の家、一本の指、一丁の豆腐、なんでも同じことだ。だから一足す二は三にならない。

「え、そうなんですか」

そうなんだ。一階と二階を足しても三階にならないだろ。

「どうなるんですか」

平屋になるんだよ。それを支えているこの世の理屈がなんだかわかるか。

「ええっと、宗教でしょうか」

ちげーよ。優しさだよ。それはね、有機体で、きわめてちぎれやすいからね、ビニールやプラスチックでコーティングしてあるんだよ。だから支えられる。しかし、それは優しさとして機能しない。機能しない本然が優しさであることから、これを渇仰する心が生まれて贋の、といったら失礼かな、仮の優しさを措定する。それが宗教ということだ。宗教というならそこまで考えないと駄目だよ。

「はい。ありがとうございます」

礼を言いながら私は震えていた。汚れの伝授を経て、いよいよ、先生の深遠な教えの開示が始まったのだ。私は恐怖すら感じていた。私のようなモミノリのような男が先生の教えを聞いてしまってよいのだろうか。耳が潰れるのではないだろうか。脳がオーバードライブしてしまうのではないだろうか。いや、そうなったらそうなったで本望だ。私は果報者なのだ。

持続が大事です。持続を忘れてはなりません。ひとつのことが持続するためにはもうひとつの持続との関係が必要ですが、ふたつのものが同時に持続しないのがこの世界です。そのとき僕たちはさあどうしたらいい。

「わかりません」

セールスマンの言葉を全部、真実だと思いなさい。思えるように努力しなさい。内側に棘のびっしり生えた、すなわちウニやクリを裏返しにしたような饅頭を食べなさい。刺される痛みを咀嚼しなさい。痛みそのものを咀嚼しなさい。気が遠くなるような痛みを復讐の鐘の音として頭のなかに聴きなさい。

ボロを纏い悪臭を放つ毛髪が昆布のようになった者とひとつの椀からものを食べることを避けようとするあまり、逆にそんなことになっている。すべて清めの取り違えですよ。立てかけられた盥は盥としての用をなさないでしょ。珍しい丼ものを探して食べ歩くのと、邪な動機、ふざけた態度で写経をするのとどちらが卑劣かなんて誰にも言えないでしょ。要するに、いまこの瞬間、汚れているかどうかが問題なんで、汚れの度合い、の問題ではないんだよね。で、結論から言えば、ひとつの椀から食べればいいんだよ。結局、そうなるんだから。いろいろ抵抗するの時間の無駄でしょ。そうするとそれが自然に汚れじゃなくなる。その自然の機構がおもしろいよね。

自然っていうと後、あの『海老の怒り』が出たのが昭和五十六年、それから三十年経って、今年の頭に『海老の祈り』が出たでしょう。これは自然状態で、怒り、が、祈り、に変化するのにだいたい三十年かかるという一般法則に沿っているよね。でも、実は、これはよく知られてないんだけど、よく知られてないっていうか、僕しか知らないと思うんだけど、平成八年に、『海老の光』というのがあるんだ。これは、怒りが三十年かかって祈りになるのに、それそのもの内側から発する光そのものに一度なる必要がある、という内容のものなんだけれども非常に晦渋でよくわからないものなんです。

なので出さなかった／出せなかったのだけれども、これを抜きに、怒り、矢印、祈り、とはならないということを唯一、指摘したものなんですね。つまり、怒り、矢印、祈り、ではなく、怒り、矢印、括弧光、矢印、祈り、ということになるんだけれども、いま改めて問題なのは、その光がなぜ括弧に入っているのか、入らなければならないのかということだ。

そこで思い出しなさい。さっきいった椀のことを。同じことだ。死んだ鰻と生きた百舌鳥ということにしてもよい。商店街を水野という姓の者が歩いていた。向うからまったく無関係な者が歩いてきた。向うからやってきた者もまた水野という姓であった。二人は無言で通り過ぎ生涯、二度と会うことはない。そのときその者たちにとって水野とはなんですか。まさにそれが光だ。徹底的に意味を欠いた絶対だ。だから光は括弧に入るしかない。夏の夜を歓迎してあげなさいよ。二度とないことだから。なんのために。光を括弧から出すためにか？　違う。光は括弧から出てこない、いつまで経ってもくだらぬ水野のままだ。じゃあ、なんのために？決まってるじゃないか、光を括弧から出そうとするためにだ。そして女の毛髪に結びついていきなさい。自分を捨てて結ばれてあげなさい。飾ってあげなさい。虚になりなさい。頭の内側に自然の入り込むところを常に用意しておきなさい。くれぐれもロハスなどと口にするな。距離と距離の距離を測る道具を壊しなさい。

そうすることによって現実の困難に直面するだろう。そのときはどうしたらよいでしょう？と真顔で聞いてくる者が屢々ある。いま、答えよう。そういうときは、ヨイトサッサ、と唱えなさい。あとは睡眠と休息。貪ってはなりません。損害は必ず花に変幻します。夢幻の祈りへの第一歩をヨイトサッサと踏み出します。踏みは史です。そして、あっ。

先生が不意に黙った。黙って横を向き、窓の外を見た。うそ寒いような店の建ち並ぶ国道を走っていたクルマはいつしか整備されたニュータウンのようなところを走っていた。

道は真新しく幅は広く、巨大で洒落たショッピングモールが建ち並んでいた。遠くに観覧車が見えた。新交通システムが整備されていた。

先生は、もうすぐ到着だ、と仰った。目的地が近いらしい。しかし私はそれに二重の意味を見いだしていた。先生は先生自身が祈りという目的地の近くまできている、と仰られたのではないだろうか。

そして私は感動していた。私を愚物とみて、私にもわかるような言葉を選んで、お考えの一端をお示しくだすったのだ。もちろんすべてがわかった訳ではない。というか、ほとんどわからない。わからないけれども、なにか腑に落ちるというか、心に沁みるというか、じりじりするような、泣きたいような気持ちになりつつ、それでいてすべてを委ねて包み込まれているような安心感、心を縛めていた《いまし》なにかが解けたような解放感があって、ひとつひとつの意味はわからなくとも、お言葉の全体が全体として理解できたような感じ、いろんなことがもの凄くクリアーになったような感じがしたのだ。

にもかかわらず、私という人間はどこまで間ンの悪いスルメ野郎なのだろうか、一〇〇パーセント私自身の問題によって、その素晴らしき先生のお言葉を完全に受け止めることができないでいた。

というのは、高速を下りた頃から高まりつつあった尿意が次第に高まり、耐え難いものとなりつつあったからである。

なので確かに感動はしていたけれども、心のすべてで感動できなかった。そしてしまいには小便をちびるしかない、というところまで追い詰まってしまったのだ。先生の前で小便をちびる。イコール死、である。だからといって、こんな大事なお話をうかがった直後に、「わかりました。ところで小便がしたいのでコンビニかなんかあったら入ってもらっていいですか」とは言いにくい。ここはやはり少し間をおくしかないが、でもどれくらい間をおけばよいのだろうか。

心が乱れに乱れて、もうなにがなんだかわからなくなっていると、不意に先生が、運転手さん、ちょっとそこで停まってください、と仰った。

先生が指し示された方をみると、そこは背後に丘陵を背負った大きな公園の駐車スペースで、左手にコンクリート造のトイレや休憩所、その向うのコンクリート造の階段の奥にはコンクリート造のカフェーやギャラリー、ショップなどもあるようだった。右手には急な石段があり、木の間に木造の堂宇が見えた。助かった、と思った。

ぼくちょっとおしっこしてくるね。

仰られて先生はクルマを降りた。「あ、じゃ、僕も」と、いま思いついたような口調で言って、続いて降りた。先生の悠然とした足取りをもどかしく思いつつ随いて歩き、半ばまできて、あっ、煙草忘れてきちゃった。ちょっととってきますね、と言ってクルマに戻られたので、小股でちょらちょら走った。

全人的に解放されたような気持ちになって、そしてクルマに戻った。先生はまだ戻っていらっしゃらなかった。先生の座っていたシートの足元に豚足と豚足の入っていた袋が落ちており、シートに先生の鞄がおいてあった。一泊するにしては小さな、そしてなんだかぺらぺらした感じの安っぽい鞄だった。

三十分経っても先生は戻ってこられなかった。胸騒ぎがした。クルマを降りてカフェーやギャラリー、さらにその奥の公園も探しまわったが先生はいらっしゃらない。こんなことをしているうちにクルマに戻っておられるのか、とクルマに戻ったがやはりいらっしゃらない。混乱した。声を放って泣きたくなった。どないしょ、どないしょ、と呟いた。

暫くしてようやっと、祝田栄美子に連絡を取ることを思いつき、携帯電話を取り出して電源を入れた。

着信が二十件入っていた。すべて祝田栄美子からだった。

「いったいどちらにいらっしゃるんです」

電話に出た祝田は慌てたような怒ったような声で言った。

「春臣先生がいなくなってしまったんです」

「なにを言ってるんですか。春臣先生はとっくにお見えですよ」

訳がわからなかった。先生は私をおいて徒歩で会場に行かれたのだろうか。ぼう、となっているると祝田が重ねて言った。

「いまどこにいらっしゃるのですか」

「わからない。ちょっと待って」

そう言って運転手に尋ね、運転手がぼそと口にした地名をそのまま告げると祝田は、ええええぇっ、なんでそんな遠くにいるんですか。ぜんぜん関係ないじゃないですか、と叫ぶように言った。

私は返事ができなかった。

着く頃には即位式は間違いなく終わっているけれども、祝田栄美子に聞いた即位式会場、名古屋市内の※※※ホテルに、一応、向かう道中、腹の減りが極点に達し、国道沿いのうどん屋に入ろうとして、鞄に入れてあった長財布がなくなっているのに気がついた。本やなんかはそのままだった。

思いついて傍らのあの男の鞄を調べると財布などはなく、豚足三袋とヌンチャクが入ってい
た。

「やっぱりいいや。行って」

運転手に告げ走り出したクルマのなかで私は豚足を食べた。

手と口の周りが豚の脂でベトベトになった。

豚足を食べ終わった私はベトベトの手で鞄からヌンチャクを取り出し、膝のうえで弄んだ。

ヌンチャクがベトベトになった。

なにもかもがベトベトになっていく。

露出した山肌を眺め、私はそう呟いていた。

初出

楠木正成　『日本のこころ〈天の巻〉』
講談社、二〇〇〇年

ゴランノスポン　「群像」二〇〇六年十月号
（「ホワイトハッピー・ご覧のスポン」改題）

一般の魔力　「新潮」二〇〇六年一月号

二倍　「新潮」二〇〇九年一月号

尻の泉　「新潮」二〇〇九年七月号

末摘花　「新潮」二〇〇八年十月号
（特集　源氏物語）

先生との旅　「新潮」二〇一一年六月号

装画　奈良美智
カバー『Atomkraft Baby』2011
45.8 × 38.0cm acrylic on canvas
扉『フタバ大使 ミニ』2011
15.0×10.0cm acrylic, color pencil on paper
（協力・小山登美夫ギャラリー）

装幀　有山達也

町田 康　まちだ・こう

1962年大阪府生れ。町田町蔵の名で歌手活動を始め、81年パンクバンド「INU」の『メシ喰うな』でレコードデビュー。82年映画『爆裂都市 BURST CITY』(石井聰亙監督)に出演、俳優としても活躍する。96年、初の小説「くっすん大黒」を発表、同作は翌97年Bunkamuraドゥ マゴ文学賞・野間文芸新人賞を受賞した。以後、2000年「きれぎれ」で芥川賞、01年詩集『土間の四十八滝』で萩原朔太郎賞、02年「権現の踊り子」で川端康成文学賞、05年『告白』で谷崎潤一郎賞、08年『宿屋めぐり』で野間文芸賞を受賞。他の著書に『夫婦茶碗』『パンク侍、斬られて候』『猫にかまけて』『浄土』『町田康全歌詩集』『どつぼ超然』『人間小唄』『スピンク日記』『猫とあほんだら』など多数。10年にはアルバム『犬とチャーハンのすきま』をリリースした。
http://www.machidakou.com/

ゴランノスポン

発行　2011年6月30日

著者　町田康《まちだこう》
発行者　佐藤隆信
発行所　株式会社新潮社
住所　〒162-8711　東京都新宿区矢来町71
電話　編集部　03-3266-5411
　　　読者係　03-3266-5111
http://www.shinchosha.co.jp
印刷所　大日本印刷株式会社
製本所　加藤製本株式会社

乱丁・落丁本は、ご面倒ですが小社読者係宛お送り下さい。
送料小社負担にてお取替えいたします。
価格はカバーに表示してあります。

ISBN978-4-10-421502-7 C0093